独占欲強めの幼馴染《おさななじ》みと極甘結婚

第一章　もう一度新婚生活を始めよう

桜の開花宣言が都内にも届く頃、私――松坂《まつざか》ふゆは病室の窓から蕾《つぼみ》をつける桜の木を眺めていた。病院の駐車場から出てすぐの道路は桜の木が何十本も並んでいて、三階の窓から見える景色は壮観だ。

（いけない……景色を見てる場合じゃなかった……っ！）

看護系の大学を卒業した私は、都内にある総合病院で看護師として働いている。

ようやく四月から二年目に入る二十三歳の新人だ。まだ仕事に慣れるだけで精一杯だし、先輩看護師の足を引っ張ってばかり。手を止めてうっとりと景色を眺めている暇などないのだ。

一年目はプリセプター制度で、先輩看護師からマンツーマン指導を受けられたが、二年目からは一人で患者を担当することになる。患者の命を預かる身として失敗は許されない。身の引き締まる思いだ。

「翔子《しょうこ》ちゃん、検査に行こうか」

先輩看護師が車椅子を用意しながら病室に入ってくる。

担当患者である小鳥遊《たかなし》翔子ちゃんは、手術のために何度も入退院を繰り返している、高校一年生の女の子だ。病状は少しずつよくなっていて、おそらく今回が最後の手術と言われている。退院の日も近いことから、彼女の顔は明るい。

「うん。あ、ふゆちゃんと一緒に行ってもいい？」

先輩看護師の声かけに、翔子ちゃんはちらりと私の方へ視線を送った。

「いいわよ。翔子ちゃんは、松坂さんが好きね」

「うん。この頼りない感じが好き」

先輩看護師が笑って言うと、翔子ちゃんは弾むような声で答えた。

「もう……翔子ちゃんってば！　私だってもうすぐ一人で患者さん受け持つんだから」

翔子ちゃんは、私が初めて受け持った患者さんで、ほかの患者さんよりも思い入れが強い。

「じゃあ、行こうか」

翔子ちゃんを車椅子に乗せて放射線科へと検査に向かう途中、すれ違った小学生くらいの男の子が私を指差して「あの看護師さん、ちっちゃ！」と言った。横にいた小児病棟の看護師が「そういうこと言わないの」となんの慰《なぐさ》めにもならない言葉をかけている。

（わかってますよ～ちっちゃいのは）

一五〇センチに届かない身長に、染めていない真っ黒の髪。それに加えて顔立ちが幼いから、私服で外を歩いているとたまに中学生に間違えられる。

最近はさすがに小学生に間違えられることはなくなったが、数年前まではおまわりさんに度々《たびたび》呼び止められ「こんな時間に一人で歩いていたらだめだよ。お家どこ？」と聞かれ、そのたびに身分証を提示していたものだ。

（もう慣れたけどね……）

翔子ちゃんの車椅子を押してエレベーターに乗り込むと、彼女は車椅子を押す私の手をじっと見つめていた。

「どうかしたの？」

どこか痛むのだろうかと、車椅子を動かす手を止めて聞くと、翔子ちゃんは口元を緩め白い歯を見せた。

「ふゆちゃん、結婚してたんだね」

「あ……っ、ごめん。外し忘れてた」

慌てて左手の薬指からシンプルなリングを抜いてポケットにしまう。いつもはロッカーで外してくるのに、今朝はバタバタしていてすっかり忘れていた。

私は自分の結婚を仲のいい友人にしか明かしていなかった。名字が変わる関係で職場には報告したが、結婚式も新婚旅行もしていない。

「ねぇねぇ、いつ結婚したの？」

さすが高校生。恋愛には興味津々《きょうみしんしん》といった様子だ。翔子ちゃんの笑顔に絆《ほだ》されて、私は移動しながら、聞いてもさして楽しくないだろう結婚生活について話し始めた。

「十八歳だよ……でも」

「えぇぇぇ～っ？　なに、もしかしてデキ婚？」

私が続けようとした言葉を遮《さえぎ》って、翔子ちゃんが驚きの声を上げた。結婚した年齢が若過ぎて、翔子ちゃんがそう思うのは仕方がない。

「でも、ふゆちゃん、子どもいるって感じしないよねぇ」

「デキ婚じゃないよ。彼とは幼馴染《おさなな》《じ》みなの」

「なにそれっ、憧れる～！　幼稚園から一緒、みたいな？」

これから検査だというのに、翔子ちゃんのテンションがどんどん上がっていく。楽しんでくれてなによりだが、結婚生活なんてほとんどないに等しい。

私が赤石《あかいし》改め――松坂ふゆとなって、五年。

五年も経てば、夫とは愛だの恋だのでケンカすることはなく、平穏な毎日を過ごしている――とはならず。

五年経っても、新婚のように行ってきますのキスをして、おかえりなさいのキスをする、おしどり夫婦――ともならず。

夫である純也《じゅんや》さんと私は、結婚以来ずっと別居状態なのだった。

この五年間、彼とはひと月に一度顔を合わせる程度。休みの日には会いに来てくれるものの、私のシフトの関係で会えない日も多く、週末婚どころか月末婚だ。さらに言えば、私は結婚してからも変わらず実家暮らしである。

幼い頃から大切にされているし、一応恋愛結婚で、マメな彼からは毎日「おはよう」と「おやすみ」の連絡が必ずくる。

でも、メッセージは頻繁《ひんぱん》にあるものの、前に電話で話したのはいつだったか。

「小さい頃から一緒だったけど、翔子ちゃんが想像してるような感じじゃないよ？」

「じゃあ、どういう感じなの？　どうやって結婚ってなったの？　私、恋愛経験ないから教えてくんなきゃわかんない」

「結婚したのはね……」

私は懐《なつ》かしさに目を細めながら、純也さんとの出会いを思い出す。


東京都渋谷区《とうきょうとしぶやく》、私がこの町で暮らし始めたのはまだ物心つく前、三歳の頃らしい。

我が家は普通よりも少しだけ裕福な程度のごくごく一般的な家庭だ。総合病院で医師をしているお父さんと、看護師をしているお母さん。

誕生日やクリスマスプレゼントは当たり前にもらえたけど、誕生日もクリスマスもお父さんとお母さんは仕事で家にはいなかった。

両親が仕事でほとんど家にいないため、私は生後半年から保育園に預けられていたらしい。でも、私が三歳の頃に引っ越した渋谷区で預け先がなかなか見つからず、どういう経緯でそうなったのかはわからないが、私はお隣の松坂家に預けられることになったそうだ。

だから松坂家の一人息子である四歳上の純也さんは、私にとって物心つく前から当たり前にそばにいるお兄ちゃんだった。

太陽の光が当たるとわずかに明るく見えるさらさらの黒髪に、大きな目。そして、目を覆《おお》いそうなほど量の多い長い睫毛《まつげ》。おとぎ話に出てくる王子様はこんな感じだろうかと想像した。

「かっこいいね」

あとから松坂家のお手伝いさんに聞いた話だと、純也さんを前にした私の第一声がそれだったそうだ。覚えてないけれど。

松坂邸は、低い石垣と和の雰囲気のある外壁に囲まれた二階建ての屋敷だ。まるで旅館に来たみたいな立派な数寄屋門《すきやもん》を潜《くぐ》って中に入ると石畳が続いている。

広い庭には池があり、その先にこれまた趣《おもむき》のある引き戸の玄関があった。L字形に造られている木造の和モダンな邸宅だ。

両親が仕事の時は隣家に預けられるようになった私は、小学校に上がっても、しょっちゅう松坂邸に遊びに来ていた。庭は季節ごとに花が植え替えられていて、それらを眺めながら純也さんと鬼ごっこをしたり、水遊びをしたりするのが楽しみだった。

お父さんが冗談で「ふゆはパパよりも純也くんが好きなんだね」なんて言うくらい一緒にいた。仕方がない。だってお父さんは、私が起きているうちに家に帰ってこないのだから。

その日も私は、学校から帰って家にランドセルを置き、そのまま松坂邸の門を叩く。純也さんが私を迎えに出てくれて「お邪魔します」と靴を揃えて中に入った。

「ふゆ、母さんがケーキできたって」

「やった！」

うちよりもずっと広いリビングのテーブルにはホールケーキと紅茶が用意されていた。純也さんのお母さんが淹《い》れてくれる紅茶はすごく美味《おい》しい。

私はいつもの定位置、純也さんの隣に座って手を合わせる。

「いちごのケーキ！　いただきます！」

「いちご好きだもんな。ふゆのために母さんがたくさん買ってたよ」

私は頷いて早速ケーキの上に載ったいちごを頬張る。純也さんはいつも表情を変えずにケーキを食べていて、あまり嬉しそうじゃない。私なら毎日ケーキでもいいのに。

ちらっと横を見ると、純也さんのケーキにはなんといちごが三つも載っていた。私のは、今食べた分を入れて二つ。むぅっと唇を尖らせ、羨《うらや》ましげにいちごに目を向ける。

「俺、ちょっとでいいから、ふゆにあげるよ」

純也さんが自分のケーキを半分ほど切って、私の皿に載せてくれた。なんといちごまで。

「いいのっ？　ありがとう！」

どうやらしょっちゅうおやつにケーキが出るらしく、飽きたと純也さんは言っていた。なんて羨《うらや》ましいんだ。

「取れない……」

小学校一年生になっても食べるのが下手《へた》な私は、お皿の上でいちごと必死に格闘していた。フォークをうまくいちごに刺せなくて、コロコロと転がしてしまう。

いちごが取れないことに苛立ち、私はついにフォークを皿に置いた。

「純也お兄ちゃ～ん！　いちご取って！」

あーんと口を開けて純也さんが食べさせてくれるのを待つ。純也さんは仕方がないなと、私のフォークにいちごを刺して食べさせてくれた。

「もっといちご欲しい」

私がねだると、純也さんは冷蔵庫からいちごを出してくる。

「純也さんは、ふゆちゃんを甘やかし過ぎですよ」

お手伝いさんが苦言を呈《てい》する。

「甘えられるうちは甘えておけばいいんだよ」

純也さんはお手伝いさんの言葉をさらっと流し、冷蔵庫に入っていたいちごを洗って、私の皿に載せてくれた。さすがにお手伝いさんは呆れ顔だ。

「美味《おい》しい？」

「美味《おい》しい」

私がへらっと笑うと、純也さんも相好《そうごう》を崩す。

毎日、学校から帰ったらお隣へ行き、純也さんと過ごした。

お菓子を食べて一時間ほど部屋で遊んで、また庭で遊ぶ。

夜六時半過ぎにお母さんがお迎えにやってくる。私はいつもこの時間が嫌だった。

だって明日まで純也さんと離れなければならない。ずっと一緒に遊べたらいいのに。

「ふゆ、また明日な」

「うん。明日ね……」

そう言ったものの、高学年は授業の数が多いため一年生の私よりも下校時刻が一時間以上遅い。私はそれが寂しかった。同じ学年に生まれていたらもっと一緒に遊べたはずだ。心の中でため息を漏らす。

たぶん、小学校一年生のこの頃に恋心を自覚したように思う。

どうすれば純也さんとずっと一緒にいられるのだろう。毎日そんなことばかり考えていた。小学校の友達に相談すると「結婚すればいいんだよ！」と返ってきて目から鱗《うろこ》が落ちた。

そうだ。お父さんとお母さんも結婚して一緒に住んでいる。どうして思いつかなかったのだろう。結婚したらずっと一緒にいられる。大好きないちごを一緒に食べられる。

「私ね、大きくなったら、純也お兄ちゃんと結婚する」

私は早速、迎えに来たお母さんに訴えた。するとお母さんは笑顔で「はいはい」と私の話を流した。お母さんは忙しいからっていつもそうやって私の話を流す。私は本気なのに。

だから、次の日の日曜日、私は仕事が休みの両親に黙って家を抜けだし松坂家に行った。部屋にいないことに気づいたお母さんが慌てて松坂家に来て平謝りするのを横目に、純也さんに手作りの婚姻届を差しだしたのだ。

「これ書いて」

「なにこれ？」

「婚姻届！　純也お兄ちゃん、十年経ったら私と結婚してくれる？　知ってる？　女の人はね、十六歳から結婚できるんだって。そうしたらずっと一緒にいられるでしょ？」

玄関で挨拶《あいさつ》をしていたお母さんは、唖然とした様子で口をぽかんと開けて固まった。

「法改正で女性の婚姻開始年齢が十八歳に引き上げられるから、十年後じゃ結婚できないよ」

純也さんはお母さんみたいに流しはせず、一頻《ひとしき》り考えてからそう言った。

「ほうかいせい？　私たち、結婚できないの？」

泣きそうになる私の顔を見てまずいと思ったのか、慌てて「結婚はできるけど」と付け足した。

「ふゆが高校を卒業したら結婚できるよ」

「わかった！　じゃあそうしよう、約束ね」

高校がなんなのかさえわからないまま、私は強引に純也さんの小指を引っ張って指切りげんまんをした。そして手書きの婚姻届にその場でサインをさせてお母さんの前に差しだしたのだ。

「お母さん！　聞いたよね？　私、十八歳になったら純也お兄ちゃんと結婚するから！」

「純也くん、ふゆがいつもごめんね」

「なんでごめんねなの⁉　私なにも悪いことなんかしてない」

あちゃーとお母さんが顔を覆《おお》う。面倒くさいことになった、とでも思っていたのだろう。お母さんは純也さんのお母さんにも同じように謝っていた。

「そうだね。悪いことはしてない。わかった、十八歳になったら結婚しよう」

「うんっ！」

純也さんは私の髪を撫でながら「約束だ」と言った。私のプロポーズは大成功だ。純也さんに抱きつき、頬にちゅっとキスをする。

純也さんは動かずに固まっていたけれど、お母さんは恋に浮かれた娘になす術《すべ》なしと項垂《うなだ》れて、もう一度純也さんのお母さんに頭を下げた。

それから中学高校と有名私立へ通うことになった純也さんとは、会う頻度《ひんど》はかなり減ってしまったけれど、私が高校生になっても仲のいい幼馴染《おさななじ》みの関係は変わらなかった。

そして、純也さんに対する私の想いも変わらない。初恋はずっと初恋のままだ。会うたびに、やっぱり好きだなぁと思う。

だけど、年齢を重ねたことで見えてくるものがある。

たとえば、純也さんは誰が見ても美男子であること。家柄もさることながら、国立大学に入学し将来性ばっちりの有望株であること。そして、そりゃもう半端なくモテること。

これだけ完璧な男性はそうそういない。女性からしたらなにがなんでもお近づきになりたいはずだ。家にまで彼を訪ねてくる女性を何度も見かけた。

そのたびに苛立ちと焦燥《しょうそう》を感じるものの、相変わらず純也さんは私のことをベタベタに甘やかしてくれるから密かな優越感に浸《ひた》れるのだ。

(まぁ、それが恋愛感情じゃないのは明白だけどね……)

彼が私を妹みたいに思っているのは常々感じていた。現実を見ろと、これまで何度も自分に言い聞かせてきたけど、うまくはいかなかった。

はぁぁ、と深いため息をこぼしながら、純也さんの部屋のベッドで左右にごろごろと転がる。純也さんはタブレットを手になにか調べものをしているようだ。時折、私の方を見て微笑む。小さい頃となに一つ変わらない顔で。

（見た目、中学生の時とあまり変わってないからな……）

花柄のシャーリングワンピースは本来膝上五センチほどのはずなのに、私が着ると膝丈サイズ。透け感のある生地《きじ》のため、中にショートパンツを穿いている。ちなみにサイズも中学生から変わっていない。純也さんとの身長差はついに三十センチを超えた。

純也さんはといえば、王子様的な外見はそのままにぐんぐんと身長が伸び、一八〇センチを超えたらしい。痩身《そうしん》に見えるが触ると腕や腹筋、胸筋はかなりがっしりとしている。表情なく立っていると精巧な人形のように見える整った顔立ちは、私を見るとふわりと花が綻《ほころ》んだように緩む。私に向けられるその微笑みは見蕩れるくらい綺麗で、何度も胸をときめかせている。

純也さんを目で追う女の子の数は年を重ねるごとに増えていき、私が隣を歩いていたところで牽《けん》制《せい》になりもしない。

（せめてもうちょっと肉付きがよければなぁ）

子ども体型の私の足に、純也さんはドキッとなんかしないだろう。肉は少なめでひょろひょろだし、うつ伏せになって潰れるほどの胸もない。

私のため息を勘違いしたのか、椅子に座っていた純也さんがおもむろにベッドに腰かけ、ぽんぽんと優しく私の頭を叩く。

私は頭の上にある純也さんの手をぎゅっと掴み、手を繋いでみた。そして純也さんの顔をちらりと覗《のぞ》き見るがやはり顔色一つ変わらない。それどころか、逆に指を絡ませ手を繋ぎ直された。

「どうした？　テストの結果、おばさんに見せて怒られたのか？」

彼は手を繋いだまま言ってきた。

怒られて落ち込んでいると思ったらしい。たしかにそれも悩みの種ではあるのだが。

「……絶対怒られるってわかってて、見せられるはずないよ」

純也さんがわざわざテストの山まで張ってくれたのに、結果は散々だった。

自分の勉強だって楽じゃないのに。教師より綺麗な字でまとめたノートを私のために作ってこの点数だと、さすがに純也さんに対して申し訳なくなってくる。

私が肩を落として謝ると、空《あ》いた反対側の手で私の頭をぐしゃぐしゃに撫で回してきた。

「次、頑張ればいいだろ。おばさんには俺から言っておいてやるから」

「ほんとっ!?　ありがとう！」

手を離して純也さんの身体に思いっきり抱きつくと、ぐらりと彼の身体が揺れて後ろに倒れ込んでしまう。胸が純也さんの腹部に当たって、私の顔は骨張った鎖骨に埋まった。

「う、ぐ……っ」

「ふゆ、くすぐったい」

私の鼻息がかかったのか、純也さんはひょいと私の身体を簡単にどかして起き上がる。もう少し抱きついていたかったのに、残念。

その数日後。

私の成績を知ったお母さんと純也さんの間でどんな話し合いが行われたかは知らないが、あれよあれよという間に、純也さんが家庭教師になることが決まっていた。


「ふゆ、今日からよろしくな」

純也さんは半袖シャツに細身のパンツというスタイルで玄関に立っていた。手には大きめのトートバッグ。おそらくその中に勉強道具がぎっしり入っているのだろう。

「うん、よろしくお願いします」

純也さんにとっては勝手知ったる我が家だ。挨拶《あいさつ》もそこそこにキッチンに入り手を洗うと、私が中途半端に用意していた麦茶のグラスに自分でお茶を注《つ》いだ。私の分も入れてどうぞと勧めてくる。

「なんか……純也さん、また背伸びた？」

首が攣《つ》りそうになるほど高い位置にある頭を、私は恨めしく思いながら見つめる。身長一五〇センチにも満たない私とは身体の造りからして違うのだろう。

「一週間前に会ったばかりだろ？　そんな急に伸びないって」

「えぇ～そうかな？　伸びた気がする。もしかして……私が縮んだの？」

少し前までは私の頭がかろうじて肩に届いていた気がするのに、今は届かない。

今でも二人で歩いていると、妹の面倒を見るお兄ちゃんにしか見えないのに、このままでは娘になってしまう。

私がつま先を立てて背伸びをすると、近づいてきた純也さんに頭を撫でられた。

「ふゆはちっちゃくて可愛い。身長なんて気にするな」

わしわしと髪をかき混ぜられて純也さんの胸に引き寄せられる。

彼は小さい頃と変わらず溺愛してくるので、たとえ私がミジンコサイズでも可愛いと言うはずだ。

「どんどん私との身長差が開いちゃう……わっ」

すると私の脇の下に手を入れた純也さんに、軽々と持ち上げられて足が宙に浮いた。一八〇センチの目線が思っていたよりも高くてびっくりだ。

「こうやって簡単に抱き上げられるのがいい」

楽しそうに私を抱き上げてくるところなんて、私を高校一年生の女の子だと思っていない証拠だ。

三歳の頃からの付きあいなら仕方がないのかもしれないが、胸中は複雑である。

純也さんは私を抱き上げたままソファーへと腰かけた。

「あのね……もう子どもじゃないんですけど……」

「わかってるよ」

本当にわかっているとは思えない。小さな妹としか思っていないくせに。

目の前の彼は、そんな私の複雑な乙女心にまったく気がついていない様子で、くすくすと笑いながら言う。

「ふゆは髪の毛も肌も柔らかいな」

純也さんは私の頬をぷにぷにと突《つつ》いてくる。

「ほっぺた丸いの気にしてるんだから！」

「そうか？　可愛くて食べたくなる」

頬に唇が触れて甘く噛まれる。ちゅっと水音がして頬がかっと火照《ほて》ってきた。

さすがにお父さんとお母さんが見ている前ではしないけれど、純也さんは私と二人きりだと特別に甘くなる。

昔からほっぺにチューは当たり前だった。率先して自分からしていたくらいだ。それというのも、五歳くらいの頃、お姫様ブームだった私が、王子様からのキスが欲しくて度々《たびたび》キスをねだったからだ。私にとっての王子様は一人だけ。ターゲットは常に純也さんだった。

さすがにこの年になると自分からはできないが、どうやら彼は違うらしい。それもこれも私の見た目が変わっていないからだ。恨めしい。

(私にとってはこれだってキスだよ……)

頬に唇が触れるたびにドキドキしているし、できれば唇にしてほしいと思っている。私がそんな風に思っているなんて、きっと彼は考えもしないのだろう。

胸がチクリと痛んだ。

「そろそろ勉強しようか。ふゆの成績を上げないと、遊びに行けないからな」

「お願いします、先生」

私が純也さんの膝から下りようとすると、腰に回された腕はそのままに彼が立ち上がった。思わず首にしがみついてしまう。

「……っ！　もうっ、急に立つからびっくりした」

「そう？　ごめんな」

そう言って先ほどとは反対側の頬へと口づけてくる。純也さんは私を抱き上げたまま階段をゆっくりと上がり、廊下の左側のドアを開けた。そこが私の部屋だ。部屋に入ってようやく下ろされる。

うちは一般的な３ＬＤＫで二階は両親の寝室と私の部屋だけだ。一応隣りあう壁側はウォークインクローゼットになっていて、テレビの音などはそこまで聞こえない。一階はリビングダイニングと和室、それにキッチンだ。

「そういえば、ちゃんと家庭教師代もらってる？　お母さんなんでもかんでも純也さんに頼むから、ちゃんと請求した方がいいよ？」

私は机を前にして椅子に座り、純也さんは慣れた様子でベッドに座る。クローゼットにはパイプ椅子もあるのだが、出すのが面倒なのか彼はいつもこうだ。

「大丈夫。ちゃんともらってるよ。でもふゆが勉強して結果を出さないと、ほかの人に代えられるかもしれないな」

「えぇぇ～お母さん、純也さんのこと大好きだからそれはないでしょ」

「小さい頃から知ってる分、成績が上がらなかったら、二人で遊んでたって思われるかもしれないだろ？　ふゆ次第だ」

子どもの頃、たしかに私たちは遊んでばかりいた。庭で鬼ごっこやかくれんぼ。それに水遊び。純也さんの部屋にはカードゲーム一つなかったから、私がいろいろと持ち込んでいた。

「週に三日来るから、次の時までに俺が出した課題を終わらせること。わかったか？」

週に三日も会えるらしい。大好きな人と誰に憚《はばか》ることなく一緒にいられるなんて、成績が下がってラッキーと思ってしまった。

「お前今、成績が下がってラッキーって思っただろ？」

「思ってないよ！」

「バレバレなんだよ。ちょっと甘やかし過ぎたかな」

お仕置きだと鼻を摘まれる。ただでさえ低い鼻が今以上に低くなったらどうしてくれよう。

「が、頑張る……からっ……やめて」

まったく痛くはなかったが、好きな人に鼻を摘まれるなんて、そして変な顔を見られるなんていたたまれない。

「ごめん」

私が涙目になったのがわかったのか、純也さんが今度は鼻の頭にキスをしてきた。

一瞬、唇同士が触れあうかと思ってびっくりした。でもすぐに彼の顔は離れていって、私はほっと息を漏らす。

私と純也さんでなにかが起こるはずもないのに、少しだけ期待してしまった。

（これまで、一度だって本当のキスなんかされたことないのに）

私の両親にだって、年頃の娘と二人きりにしてもなにも起こらないと思われるくらい、純也さんは信頼されているのだから。

「で、これ、期末の結果か？」

純也さんは、私が机の上に出しておいたテスト用紙を一枚ずつ捲《めく》っていく。

「そんなに悪くないけど……ふゆ、英語苦手？」

私は軽く頷いて肯定した。

母によると、純也さんは大学でそれはもう優秀な成績を修めているらしい。大学でもキャーキャー言われてるんだろうな、なんて想像が頭を駆け巡《めぐ》り、私はますます落ち込みそうだ。

「どうしようか。おばさんからは夏休みにみっちりやってくれって言われてるけど、夏休みだけじゃできること限られるしな……」

「でも、純也さんだって自分の勉強があるでしょ？　成績落ちたら滋《しげる》さんに怒られちゃうんじゃないの？」

純也さんのお父さんである滋さんは、私には優しいけれど一人息子の純也さんには厳しかった。大学の合格発表の日も、合格していて当然と結果すら聞かなかったらしいから。

でもそれは、純也さんが陰で相当努力しているのを、ちゃんとわかっているからに違いない。

「そんなへますするわけないだろ。で、ふゆは今後どうしていきたい？　大学受験を視野に入れるなら、それなりのカリキュラムを組まないとな」

「大学……」

大人になってどうしたいか。

なんのビジョンも浮かんでこない。子どもの頃は、将来は『純也お兄ちゃんのお嫁さん』以外、考えていなかったが。

「それとも……大学には行かずに俺と結婚するか？　小さい頃よく言ってたよな？」

「……っ」

考えを見透かされたのかと思って、驚愕《きょうがく》に言葉が詰まる。どうして急にそんな話をしてくるのだろう。純也さんはからかっているだけかもしれないが、密かな恋心を抱いている私は動揺を隠せない。私は耐えきれず純也さんから目を逸らした。

「そっ、それは……っ！　子どもの頃の話でしょ！」

私は、妹扱いしてくる相手に「結婚したい」なんて言うほど愚かではない。彼が本気でそんなことを言っているだなんて期待もしない。そう自分に言い聞かせる。

「子どもの頃の話、ね。今は、まったくそう思わないのか？　寂しいもんだな」

「え……っ!?」

シミ一つない透き通るような白い肌が眼前に迫り、私は息を呑んだ。彼の唇が私の唇に触れそうな距離まで近づいて、心臓がバクバクと激しく音を立てる。

つい背中を仰け反《の ぞ》らせると、彼はさらに距離を詰めてきた。ぐらりと身体が揺れて後ろに倒れそうになり、近づいてきた純也さんに腕を引かれる。

「危ないだろ」

私に向ける言葉はいつもと変わらない。けど、その声は低く艶《つや》めいていて、私を見つめる目はたしかに熱を孕《はら》んでいる。顔が近くて、息をすることもできない。

目を瞑《つむ》ったらなにかが起こりそうな予感があるのに、私はただただ彼の顔を凝視していた。純也さんがまるで知らない男の人に見えて、どうしていいかわからなかったのだ。

顔が火照《ほて》って熱い。

いっぱいいっぱいになった感情が堰《せき》を切って溢《あふ》れだす。頬ではなく唇にキスをしてほしい、そう望んでいたはずなのに、彼の唇が触れそうになった瞬間怖くなり、涙が滲《にじ》んでくる。

すると、あっさりと掴まれていた腕が放されて「ごめんな」と告げられる。

「泣かせたいわけじゃないから。その話はまた今度な」

私の真っ直ぐに伸びた髪を一筋すくわれて、耳元で囁《ささや》かれた。耳に唇が触れそうな距離に驚き、つい避けてしまった。すると苦笑した純也さんは身体を少しだけ離して机に視線を向けた。

「じゃあ、勉強しよう」

頭の中は激しく混乱していて、とても勉強できる状態ではなかった。

先ほどまでの会話が嘘のように、純也さんは淡々と英語の文法の説明を始める。私は頬を真っ赤に染めたままただじっと机に向かうしかない。

（さっきのは、いったいなんだったの……また今度って？）

ノートを広げてはみたものの、英文法など頭に入ってこない。だが、純也さんが優しいながらも厳しい家庭教師だったため、そんなことも言っていられず、英語と数学を時間いっぱい叩き込まれることになった。

室内にかりかりとペンの走る音しか聞こえなくなってから数時間。疲れと眠気で頭がぐらぐらしてくる。

「うぅ～……私、なんでこんなに勉強してるんだろ」

勉強し過ぎて頭の中がしっちゃかめっちゃかだ。

動揺していた心が、落ち着いたのはいいのだが、頭を使い過ぎて疲れは倍増。

私が机に突っ伏すと、純也さんの手が伸びてきて頭をぽんぽんと叩かれる。

「じゃあ、今日はもう終わりな」

「本当っ⁉」

私がガバッと起き上がり満面の笑みを浮かべると、純也さんはやれやれと呆れ顔だ。

「そんな嬉しそうな顔すんな、課題は出すからな」

「はーい」

嬉しくない返事なのがバレバレだったのか、純也さんは顎《あご》に手を当ててなにか考えるように「そうだな」と口にした。

「なにか、目標を持ってみたらいいんじゃないか？」

「目標……？」

私には試験でいい点を取る、以外思いつかない。

「将来こうなりたいでもいいし、どこの大学に受かりたいでもいい。なんのために勉強するのか、目標をはっきりさせることで、やりがいに繋がる」

「純也さんはあるの？　目標」

「大学在学中に国家公務員採用総合職試験に受かって、官僚コースだな」

まだ大学生一年生なのにそこまで考えているなんて。

「でも、その前に……」

なぜか純也さんは、意味ありげに私の顔を見て微笑んだ。

「……？」

「……ふゆは、なにかないのか？」

（大人になったら……私はなにになりたいんだろう）

私も、純也さんみたいに目標を持って頑張りたい。漠然とだが、そう思った。

それに、目標を持って頑張ったら、いつか妹扱いではなくなるかもしれない。少しは彼に近づけるかもしれない。

（最終目標は、純也さんと結婚する……なんてね）

まずは手に職を……と考えて、看護師しか思いつかなかった。看護学科のある大学なら受かる可能性はゼロではない。

それにだ。風邪を引いた純也さんを私が看病できるかもしれない。頭の中でそんな妄想を繰り広げていると、無情にも重い紙の束が渡される。

「とりあえず、これ課題。三日後までな」

「うぇぇ～多過ぎない？」

「俺とデートしたくない？　せっかくの夏休みだし、俺はふゆと出かけたいよ。そのためには、結果を出さないと」

そう言われたらやるしかない。

その後、私は純也さんから出された大量の課題に追われ、机に向かう時間が増えたからか、お母さんは多少遊んでもなにも言ってこなくなった。


夏休みが明けた九月中旬の土曜日。

今日は午前中から松坂邸にやってきている。

家庭教師を頼んでいるのは平日の三日間だが、どうしても純也さんの都合がつかないため、土曜日に授業をすることになった。平日よりも一緒にいられる時間が長いので、私としては大歓迎だ。

門を潜《くぐ》ると、庭で滋さんが、池の鯉《こい》に餌《えさ》をあげていた。

「滋おじさん、おはようございます。お邪魔します」

滋さんは私に向かって軽く手を振ってきた。小さい頃はわからなかったが、穏やかな笑みを浮かべている顔は純也さんとうり二つだ。それに濃紺の和装姿は妙に貫禄があって、滋さんを前にすると背筋が伸びる。

顔馴染《なじ》みのお手伝いさんへ挨拶《あいさつ》を済ませてキッチンへ行くと、純也さんのお母さんがボウルで生クリームを泡立てていた。

「鈴子《すずこ》さん、おはようございます」

鈴子さんは朝から趣味のケーキ作りをしているようだ。家族で食べるにはいささか大きいスポンジと、いちごが大量に載った皿が目に入る。

「ふゆちゃん、いらっしゃい。ケーキ作るから、あとで純也の部屋に持っていくわね」

鈴子さんは私が来るたびにケーキを焼いてくれる。松坂家の冷蔵庫には私のために一年中いちごが入っているくらいだ。どうやらケーキ屋に卸《おろ》しているいちご農家からわざわざ取り寄せしてくれているらしい。

「いつもありがとうございます」

「俺はいらないから」

「はぁ、まったくこれだもの」

肩を竦《すく》めて大げさにため息をつく鈴子さんに、私は思わず笑ってしまう。私は、頻繁《ひんぱん》にケーキを作ってくれるお母さんがいるのを羨《うらや》ましいと思うが、純也さんはそうでもないらしい。

「ふゆ、行くぞ」

「あ、うん」

キッチンを出て広いリビングを通り廊下から階段を上がる。

純也さんの部屋は二階だ。一階には今は亡くなっているおじいさんと、おばあさんの部屋と、滋さんと鈴子さんの部屋、それに通いのお手伝いさんの休憩スペースがある。

「入って」

「はーい」

南側にある純也さんの部屋は二十畳ほどの洋室だ。勉強机とベッド、大きい本棚くらいしか物がない。

純也さんと二人きりでいるのは珍しくない。それなのに、ここのところ私は、二人きりの空間がどことなく落ち着かなくなってしまった。何度も脳裏によみがえるのは、怖いくらいに熱を持った純也さんの目だ。普通でいようと思っても、ふとした時に思い出して顔が火照《ほて》る。

「今日は何時までいられる？」

「べつに用事はないから、いつもと同じで大丈夫」

ハッと我に返りなんでもないように答えると、純也さんの椅子を貸してもらい机に向かう。

「俺も今日はなにも予定がないから、せっかくだし全教科のテスト対策しておくか。昼飯は、母さんが作ってるだろうし。十二時までやって、昼休憩して午後は三時までな」

「ぜ、全教科……五時間……」

顔を引き攣《つ》らせる私の横で、パソコンを操作していた純也さんが大量のテスト用紙を印刷し始めた。

今日も勉強三昧《ざんまい》らしいと項垂《うなだ》れていると、そっと頭を撫でられる。飴と鞭《むち》はばっちりだ。なんだか弄《もてあそ》ばれているようで悔しい。

「ふゆは中学の英語で、教科書を丸暗記してテストを乗り切ってたタイプだろう？　基本的な文法と読解がわかってないから躓《つまず》くんだ。単語は暗記でどうにかなるんだから、文法さえ覚えてしまえば英語は簡単だよ」

純也さんは机に手を突いて、私のすぐ横に立ったまま話をする。私の部屋にある椅子より座る位置が高いため、純也さんの顔が近づいてくると耳元に息がかかりくすぐったい。

今までは近くにいてドキドキはしていても、これほどに緊張はしなかった。純也さんの息遣いさえ聞こえてきそうな距離に胸が高鳴り、顔が見られなくなる。私はテキストを目で追うと、慌てて話題を変えた。

「あ、こ、ここっ！　この間、清貴《きよたか》に教えてもらったとこだ。これならわかるよ。放課後、真紀《まき》と三人で勉強したんだ」

「清貴？　男か、そいつ？」

純也さんの声がすっと低くなる。私は高校で新しくできた友人のことを説明する。

「生徒会で一緒なの。清貴は面倒見がよくて、クラスのみんなに頼られてる副会長だよ。あ、そういうとこ純也さんに少し似てるかも！」

私は喋《しゃべ》りながらも、必死に問題を解いていく。だから、純也さんがその時、どんな顔をしていたのか気づかなかった。

「お前さ……あまり清貴って男に近づくなよ？」

「なんで？　クラスも生徒会も一緒なんだから、近づかないとか無理だよ」

「そうじゃない。俺にしてるみたいに、ほいほい懐《なつ》くなって言ってるんだ」

隣から聞こえた低い声に驚いて顔を上げると、純也さんは珍しく目を細めて不機嫌そうな表情をしていた。

「……するわけないよ。清貴はちゃんと私が高校生だってわかってるもん」

私を子ども扱いする純也さんとは違う、と皮肉を込めて言った。清貴は純也さんみたいに過保護じゃないし、私を抱き上げたりもしない。

「俺が、お前を子ども扱いしてるって？　そんなわけあるかよ」

純也さんはさらに声を低くして私の耳にかぶりついてくる。その直後、耳たぶを舌で舐《な》められて、ぞくぞくと不可思議な痺《しび》れが腰から湧き上がってきた。

「ん……やっ」

突然変わった彼の態度に驚いて、私は思わず腕を突っ張らせる。私を見る純也さんの目がいつもとは違う。どうして、今、あの日と同じような目で私を見るのだろう。

「俺が近づいたら、そうやって怖がって逃げるくせに」

「だって……耳、噛むから」

私は顔を真っ赤にして口ごもる。

「ふゆ、ちゃんと覚えてるか？」

純也さんが私を真っ直ぐに見つめてくる。怖いくらい真剣な瞳になにを言われるのかと心臓がドクンと音を立てた。

「な、なにを？」

「俺にプロポーズしたこと」

彼がおもむろに顔を近づけてきたことに息を呑む。私が瞬《まばた》きもせずに固まっていると、純也さんの顔が目の前にくる。

思わずぎゅっと目を瞑《つむ》ると、唇に柔らかい感触があった。いったいなにが起こったのか。

「あの時のお返し」

驚いて目を開けた私の視界に入ってきたのは、間違いなく純也さんの端整な顔。すぐにまた、ちゅっとわざと音を立てて唇を軽く押し当てられたかと思うと、数秒も経たずに離れていった。

「え……なんで？」

「お返しだって言っただろ。あとは自分で考えろ」

そんなことを言われても。

嬉しいよりなにより戸惑いが大きい。

今まで、頬やおでこにキスをされたことはあっても、唇にキスをされたことは一度もなかった。

（まさか、純也さんも私のことを好き、とか……いやいやいや……待って）

あっという間に、私の頭の中がパニックに陥《おちい》った。


「あ、れ……？」

目を開けると、自分の部屋とは違うカーテンが視界に入った。

「ふゆ、起きた？」

「あれ……私、寝てた？」

私が慌てて起き上がろうとすると、ベッドの端に腰かけた純也さんが腰に腕を回して支えてくれる。

「五時間も勉強したからな。疲れたんだろ」

そうだった。純也さんからのキスに動揺しパニックに陥《おちい》った私は、現実逃避とばかりに目の前の勉強に集中した。午前に二時間半、お昼ご飯を食べて二時間半。必死に問題を解いているうちにうとうとしてきて、いつの間にか眠ってしまったらしい。ベッドにいるのは、おそらく純也さんが運んでくれたのだろう。

私を見下ろす純也さんは、キスなんてなかったみたいに平然としている。

(純也さんにとっては……キスじゃなかったのかもね)

お返しだと言っていたから、言葉通りなのかもしれない。

一瞬だけ、期待してしまったじゃないか。

ため息を呑み込み、寝乱れた髪を手櫛《てぐし》で直す。身体にかけられていた毛布を剥《は》ぐと、穿いていたフレアスカートが太ももぎりぎりまで捲《めく》り上がっていた。上に毛布が掛けられていたのは、見えないようにという純也さんの配慮だろう。

「私、どれくらい寝てたの？」

「一時間くらいか。あぁ、母さんがケーキを持ってきたから、起きたばかりだけど食べるか？」

「やった、食べる！」

私が嬉々としてベッドから下りると、ホールケーキをその場で切り分けて純也さんが皿に載せてくれた。その間、私はポットに入ったお湯で紅茶を淹《い》れる。

「いちごは自分で取れるのか？」

「取れるに決まってるでしょ！　そのネタ何度も言うのやめてよ！」

「ふゆが、いちごを食べているところが好きなんだよ。可愛くて。それにしても……変わらないものだな」

純也さんは遠い目をして懐《なつ》かしむように私の頬に触れてきた。口の中のいちごを呑み込み、私は首を傾げる。

「そりゃ、背は伸びてないし、いまだに中学生に間違えられるけど……気にしてるんだから」

「俺が言ってるのは、そういうことじゃない」

「じゃあどういうこと？」

「俺の気持ちが、だよ。昔からちっとも変わってない。小さい頃から同じようにふゆが可愛い」

小さい頃から同じように――は禁句だ。小さい頃から同じように妹として可愛がってくれているのを知っている。かなり溺愛されているのも。

でも、私の気持ちは、変わった。幼馴染《おさななじ》みのお兄ちゃんから、男の人に。

落胆していると、頬を撫でていた指が唇へと下り、そのまま私の唇の形を辿《たど》るようにつぅっと指を動かされた。

先ほどのキスを思い出してしまう。

いつの間にか、空気が張り詰めているような気がして動けなくなった。自分の呼吸の音がやたらと大きく聞こえて、頬が火照《ほて》ってくる。すると、彼の指が薄く開いた唇の隙間へと入ってきた。

「……っ」

思わず身体を引くと、純也さんは唇に触れていた指を離しふっと鼻で笑った。

「相変わらず、口に生クリームつけてるところも可愛いよな。やっぱり、俺が食べさせてやろうか？」

「クリームなんてつけてない！」

私がその場の空気を変えるように叫ぶと、純也さんの表情も元に戻る。

「ついてるだろ、ほら」

純也さんは手つかずのいちごをフォークに刺して、私の口に押し当てる。いちごの周りについていた生クリームが私の唇にべっとりとついてしまう。なんてことをするのだと、私は頬を膨らませて抗議の声を上げた。

「これはつけたって言うんです！　もう、昔は優しくてなんでもできる完璧な王子様だと思ってたのに～！」

「へぇ、優しくてなんでもできる完璧な王子様ね。そう思ってくれてたのか。そういえば、よくお姫様ごっこに付きあわされたもんな」

純也さんはにやにやと人の悪い笑みを浮かべ私をからかってくる。

「だから、昔は、だってば」

私はつい口から漏れてしまった本音が恥ずかしくて、言い訳のように言葉を続けた。

「完璧な王子様じゃなかったら、ふゆは俺のこと嫌いになるか？」

嫌いになんてなるわけがない。

むしろ私は、いつか純也さんが、私にだけ弱い部分を見せてくれたらどんなに嬉しいだろう、と考えてしまう。

「最初から完璧な人なんていているわけないでしょ」

テレビや漫画など、勉強に関係ない物はなにもない部屋。コンポタイプのオーディオ機器も、ラジオの語学講座を聞くために置いていると知っている。

この部屋は、勉強をするためだけに整えられた環境なのだ。

滋さんは、勉強をしろと口うるさく言うわけじゃないけれど、いわゆるエリートが歩むレールの上から外れることを許さない人みたいだ。いい大学を出て、純也さんのおじいちゃんのような政治家か、滋さんみたいな官僚の道に進むのを当たり前と思っているらしい。

「純也さんが完璧なのは、努力あってこそだよね？　私が友達と遊んだり、テレビを観たりゲームをしたりしてる間、純也さんはずっと努力してたんだなって……この部屋を見たらわかるよ」

私の言葉に純也さんが破顔した。

「じゃあ、これからも、ふゆに褒《ほ》めてもらえるように頑張ればいいか」

そう言った純也さんの顔が、意外にも子どもっぽくて、可愛いなんて思ってしまったのは内緒だ。

純也さんに家庭教師をしてもらい始めてから一年と少しが経ち、私は高校二年生になった。

いつの間にか家で勉強をするよりも、純也さんの部屋に来る頻度《ひんど》の方が多くなっていた。

今日は中間テスト前ということで、すでに四時間は机に向かっている。

私が問題を解いている間、純也さんは自分の勉強をしているため、室内はシンと静まり返っていた。

十月に入り湿度は多少低くなったものの、いまだ夏日も多く汗ばむ陽気が続いている。

窓がすべて閉まっているからか湿度を含んだ空気が重く、息苦しく感じる。汗ばんだ肌に生地《きじ》の厚い冬用のセーラー服が貼りつくのが不快だ。

（暑くて集中できない……）

少しでも涼しい空気を取り込もうと、セーラー服の胸元を引っ張りパタパタと扇《あお》ぎつつ、机に向かいペンを走らせる。

『それとも……大学には行かずに俺と結婚するか？』

ふとした時に、純也さんの言葉を思い出してしまう。忘れようと思っても忘れられない。

でも、私たちの関係は昔となにも変わらない。あのキスだって、やっぱり夢だったんじゃないかと思えてしまう。ここまで来ると、いい加減片思いを拗《こじ》らせ過ぎて、私を弄《もてあそ》ぶ純也さんが恨めしくなってくる。

（相変わらず私のこと甘やかすから……ほかの人に目を向けることもできないんだよ）

「こら、ふゆ。暑いなら窓開けるから、それやめろ」

私が集中できていないことに気づいたのか、純也さんが呆れたような声で言ってくる。

「それ？」

純也さんが私の胸元を指差しながら目を細めた。はしたない、と言いたいのだろう。私が胸元から手を離すと、純也さんは部屋の窓を開けるために立ち上がった。

(私のあるかないかわからない胸に、ドキドキなんかしないか)

自分の考えに空《むな》しくなる。

少しは顔色を変えてくれてもいいのに。そんな気持ちで、窓を開ける彼の背中を見つめていると、突然、振り返った純也さんにとんと鎖骨の下あたりを突かれた。

「なに？」

指はすぐに離れていかず、そのままだ。私は純也さんを仰ぎ見る。

「純也さん？」

「今度無自覚に俺のこと誘ったら、襲うからな。そろそろ……自覚してもらわないと困る」

純也さんの指がつっと鎖骨を撫でるように動いて、そのまま下へと下ろされる。触れられた部分がじんと熱を持ってじわりと全身に広がる。

指先が胸の膨らみに触れそうになり、私は椅子から転げ落ちそうになった。

「ひぇっ！」

もちろんそんな私を支えたのも純也さんで、腕を引いて仰《の》け反《ぞ》った身体を引っ張り上げられる。

「やっぱり、ふゆにはまだ早いか」

純也さんが苦笑して、兄の顔になる。

また子ども扱いだ。期待しては突き落とされる。いくらなんでもひどくないか？

目の奥がじんと熱くなって、泣きたくないのに目に涙が滲《にじ》む。

私は、いつものように頭を撫でようと伸びてきた手を掴んで、胸元に引き寄せる。

「ふゆ？」

いつだって自分ばかりが感情を波立たせていることに苛立つ。少しは純也さんだって動揺すればいいのに。

「襲っても、いいよ」

その時、どうして自分が〝そう〟言ったのかわからない。ただ、気がついたら口に出していた。

純也さんの顔は見られなかった。どくどくと彼に聞こえてしまいそうなほど大きく、心臓が高鳴っている。

まるで判決を待つ罪人みたいな心地で純也さんの言葉を待つ。

「それ、本気にするぞ？」

私はぱっと勢いよく顔を上げた。純也さんは先ほどまでの兄のような眼差しを消して、熱のこもった瞳で私を見つめていた。

「うん。して」

小さく頷くと彼の指が私の唇に触れた。「いいか」と問うように下唇の上をなぞられる。私が目を瞑《つむ》ると柔らかい純也さんの唇が重なって、私は二度目のキスをした。

「キスするの、二回目だな」

「前のあれ、キスだったの？」

私が問うと、純也さんは顔を引き攣《つ》らせて「気づいてなかったのか」と呆れた声で言った。

「当たり前だろ。お前、俺のことまったく意識しないから、すっげぇイライラした」

言いながら何度も唇を啄《ついば》まれる。

まったく意識しないなんて、そんなことあるわけがない。私は常に純也さんを意識していたのに。

「いっつも、頬にキスしてくるから、間違えたんだって思ったの……思おうと、したの」

「間違えるわけないだろ。そもそも好きでもない女にキスなんかするかよ。気づけよ」

純也さんは私の身体を緩く抱きしめてくる。

そしてまた唇が近づいて、今度は頬に口づけられた。言われてみれば、彼はどんなに私を可愛がっていても、お父さんとお母さんの前では決してキスをしなかったと気づく。

「何度も言っただろう？　子ども扱いなんてしてないって。でも、お前は全然信じなかった。溺愛する兄貴でいてほしかったんだろ？」

「違うっ！　私は……純也さんが、妹としか見てないんだって思って。でも、もう……お兄ちゃんじゃ、嫌だったの」

「俺はもう、幼馴染《おさななじ》みのお兄ちゃんではいられないよ。我慢の限界だ。なぁ、ふゆ……俺が好きか？」

唇を軽く触れあわせながら聞かれる。互いの息がかかるほどの距離にドキドキして、頬が火照《ほて》ってくる。うっすらと目を開けると、目の前にいる彼も、彼の瞳に映った私も熱に浮かされたような顔をしていた。

「ん……好き」

言葉にしてしまえばたったそれだけのことだ。だが、たしかに彼に気持ちは伝わったようだ。

純也さんは今まで見たことがないほど幸福そうな顔で破顔した。

「そうか」

唇はすぐに離れていってしまったけれど、私が手を伸ばすと今度はもう少しだけ長く啄《ついば》むような口づけが贈られた。

けれど純也さんは、それ以上なにもしてこなかった。

「襲っていいって言ったのに」

私は名残《なごり》を惜しむように純也さんのシャツを掴んでしまう。

すると身体を離した純也さんが呆れたような顔をして、私の額《ひたい》を小突いてきた。

「本気で襲うわけないだろ。おばさんの信頼を失いたくないからな」

黙っていればばれないんじゃ、なんて私の考えはお見通しだったらしい。

「俺とキスするだけで真っ赤になるふゆが、ばれないでいられるとは思えない。それに、来年は受験だろ」

「わかってるよ！」

私はようやく自分の進路が決まったところだ。お母さんと同じ道を目指し、看護系の大学に行くことに決めた。受かるかどうかは神のみぞ知るところだが、純也さんが国家公務員試験に合格したように、私も頑張りたい。

「卒業するまで、セックスはしないからな」

期待してるとこ悪いけど、と彼は耳元で囁《ささや》いてくる。急に男の顔を隠さなくなった幼馴染《おさななじ》みの変貌に、一気に顔に熱が集まってきて涙が出そうだ。

「キスも……しないの？」

私はついねだるような視線を向けてしまう。せっかく長年の片思いが成就したのに、それはあんまりじゃないか。

「セックス〝は〟って言っただろ。キスはするよ」

喋《しゃべ》りながら、どちらともなく唇を重ねる。

「一日一回な」

「なんでっ⁉」

ひどくないか。と唇を尖らせると、堪《こら》えきれない様子で彼が笑う。

「嘘だよ。可愛いな、ふゆ」

そしてもう一度口づけられ、開いた唇の隙間を舌先で舐《な》められる。全身が蕩《とろ》けてしまいそうなほど気持ちがいい。

「ん……っ」

もっとと口を開くと「これ以上したら、いろいろとまずいからな」と苦笑した彼の顔が、離れていく。

「なぁ、ふゆ。前に言ったこと覚えてるか？」

「前？」

「約束したよな。十八歳になったら結婚しようって」

「そうだけど……」

「だめだよ。約束しただろ？」

純也さんは折り畳んだ古い紙を机の上に広げた。

そこには子どもの下手《へた》な字で『こんいんとどけ』と書いてある。そしてその下には私の名前と純也さんの名前。

（これ、まだ持っててくれたんだ）

「懐《なつ》かしい……」

「ふゆに、プロポーズされたんだよな」

「うん。結婚すれば、ずっと一緒にいられるって思ったから」

「ふゆが大学に受かるまでは家庭教師でいる。けど、高校を卒業したら、今度は本物の婚姻届を持ってくるから……俺と結婚しよう。そうしたら、ずっと一緒にいられる」

左手の薬指の根元を、彼の指先がとんと突く。ここに指輪を嵌《は》めさせてくれと言わんばかりの仕草に、頬が熱くなった。

「高校卒業って……早くない？」

「早くない。俺は大学を卒業したら実家を出なきゃならない。そうしたらしばらく一緒にいられなくなる。離れるのが不安なんだよ。俺を安心させるためと思って結婚して。ふゆにほかの男が近づかないよう、少しは牽制《けんせい》になるだろ?」

この日初めて、彼が大学卒業後に実家を出て寮で生活することを知らされた。

純也さんの周りにはいつだって女の子がいた。私が知らない間に誰かから告白されるかもしれない。それで不安になってもすぐに会いには行けない。離れるって、そういうことだ。

籍を入れたら、少しは私も安心できるかもしれない。

婚姻届と指輪で彼を縛れるかもしれない。

「うん。私も……純也さんに近づいてくる女の人、いや」

「俺もだよ。お前だけでいい」

両手のひらを重ねあわせて、ふたたび唇が触れる。全身が甘く痺《しび》れて、もっともっと触れたくなる。何度も唇を食《は》まれているうちに、陶然《とうぜん》としてきて身体から力が抜けていく。

「本当は、大学なんて行かなくてもいいって思ってる。苦労させるつもりはないから、結婚して一緒に来てほしいって。勉強頑張ってるのに、こんなこと言ってごめんな」

くたりと力が入らずもたれかかる私をきつく抱きしめて、純也さんが苦しげな声を漏らす。

「またそうやって、すぐ甘やかそうとするんだから」

この分では私が働きたくないと言ったら、嬉々として面倒を見そうだ。さすがの私も純也さんのお荷物になるのは御免である。それに、甘やかされればされるほど頑張らねばと思うのだ。

「仕方ないだろ。そういう性分《しょうぶん》なんだ」

「ますますやる気出た。私、大学に現役合格して看護師になるよ。純也さんが風邪引いた時は、看病してあげるからね」

私から唇を触れあわせると、純也さんの濡れた唇が深く重なってくる。

徐々に息が荒くなってきても、口づけが止められない。あらぬところがもどかしくなって、私は座ったまま太ももをぎゅっと閉じた。

「……っ、ふ」

自分の口から漏れた声が艶《つや》を含み甘く響く。

それが合図であるかのように唇が離された。

「早く……抱きたい」

欲情し掠れた声と潤《うる》んだ瞳、純也さんのそんな表情を見たのは初めてだった。私だって今すぐそうしたい。でも、それがだめだということもわかっている。

私が色恋にかまけて勉強を疎《おろそ》かにしたら、家庭教師である純也さんの評価が悪くなる。

「結婚したら……抱いてくれる？」

「もちろん。その日のうちに攫《さら》いに行く」

そして約束通り、卒業式の日に迎えに来た純也さんにそのまま区役所に連れていかれ、あれよあれよという間に私は人妻になったのだ。

区役所からの帰り道。純也さんと手を繋ぎながら住み慣れた家へと向かっていた。

「なんだか……全然実感ない……婚姻届って、出して終わりなんだね」

左手の薬指に嵌《は》められた指輪を目の前に翳《かざ》しながら呟くと、純也さんが繋いだ手を持ち上げ私の手の甲にキスをした。

「まぁ、書類の手続きだけだからな」

入籍前、お父さんとお母さんに結婚の挨拶《あいさつ》に来た純也さんは、すぐに結婚式を挙げられないこと、私の大学生活を考えると一緒には暮らせないことを詫びた。

お母さんは私がずっと純也さんを好きでいたのを知っていたし、私の成績がぐんぐん上昇したことで純也さんへの信頼は厚かったから小躍りしそうな雰囲気だったが、お父さんは複雑そうだった。

それでも相手が純也さんだから、高校を卒業してすぐの入籍を反対されなかったのだ。それに滋さんと鈴子さんも、私と純也さんが結婚することを喜んでくれた。かなり前から純也さんは私と結婚するつもりでいることを話していたらしい。

「帰る家もばらばらだし」

「寂しい？」

拗《す》ねているのがばれたのか、繋いだ手をきゅっと強く握られる。

「うん……でも仕事だから、仕方ないってわかってる」

無事、国家公務員採用総合職試験に合格した純也さんは、滋さんと同じ道を進み警察庁へと入庁した。これから警察大学校で寮生活が始まるため実家を出る。

それから各都道府県警察か警察庁での勤務になる。つまり一つのところに留まらない。各都道府県警察はどこに行くかもわからないらしい。

私は私で看護師になるための大学生活が始まるから気軽に会いには行けない。

「お前は本当にいい子だよな。俺を困らせるようなわがままを言ったことは一度もない。それが寂しいって言ったら驚くか？」

「いい子じゃないよ。私だって寂しい」

「俺はそれだけじゃ足りないんだよ。毎日顔を見てキスしないと、ふゆ欠乏症になりそうだ」

純也さんがそんなことを言うものだから、堪《こら》えていた涙が溢《あふ》れそうになる。私だって全然足りない。恋人になっても私は受験勉強で忙しく、デートすらままならなかった。

彼に勉強を教えてもらっているのに、いちゃいちゃしたいとか不埒《ふらち》なことを考えていて受験に落ちたら結婚できない。だから雑念を振り払ってひたすら勉強をした。

「じゃあ……お願い、聞いてくれる？」

純也さんは忘れているかもしれないが、私はこの日をずっと待っていたのだ。

「ふゆのお願いなら、どんなことでも」

「部屋で二人きりになったら、いっぱいキスして」

首が疲れるほど上を向いて背伸びをする。純也さんのシャツを掴むと、腰を支えられひょいと持ち上げられた。そしてすぐさま唇が塞がれる。

「ん、んんっ！」

ここでしてなんて言ってない、と目を見開く。実家の近くだというのに、純也さんは構わず口腔《こうこう》に舌を捻《ね》じ込んでくる。

「へ、部屋でって言った！」

「部屋でもするよ。もう我慢しなくていいんだ。ようやくお前を抱ける」

ちゃんと覚えていてくれたらしい。

頬を染めて頷くと、その足で私の実家へ来た。今日は平日で、夕方の六時を過ぎるまでは誰も帰ってこない。今はまだお昼を過ぎたばかりで、時間はたっぷりある。

純也さんの家は広いけれど、鈴子さんやお手伝いさんが必ずいる。

勉強場所を純也さんの部屋に変えたのもそのせいらしい。二人きりだと思うと、つい押し倒したくなってしまうからと、ベッドの上で服に手をかけながら彼が言った。

セーラー服を脱がされて、私は両手を交差し胸元を隠す。自分の身体が人からどう見られるかはわかっている。胸が大きいとはとても言えない、ぎりぎりのBカップ。胸もお尻も子どもみたいだ。

「ねぇ、私……本当に胸ないよ!?　純也さん、こんなんで興奮できる？」

緊張し過ぎてこぼれでた言葉は、あまりにもはしたない。純也さんは珍しく顔を赤らめて、手のひらで顔を覆《おお》った。

「お前な……」

純也さんは着ていたポロシャツを脱ぎ、私のキャミソールの肩紐《ひも》に指をかけた。キャミソールに隠れた胸の谷間を露《あら》わにしつつ、穿いていた黒のパンツの前を寛《くつろ》げる。

「興奮できるかどうか、これなら一発でわかるだろ？」

彼の動きにつられて視線を下肢に移す。明らかに通常の状態ではない、膨らんだボクサーパンツが目に入ってきた。

「え、あ……」

「胸の大きさなんか、気にしない。好みって言うなら、ふゆの全部が好みだよ」

キャミソールをたくし上げられ、ブラジャーのホックが外される。覆《おお》い被さってくる純也さんの重みを受け止めながら口づけを交わすと、手のひらで薄い胸元を包み込まれた。こうして触られるのは初めてで、恥ずかしいよりも感動してしまう。

「痛いとか、気持ちいいとかちゃんと言って。初めてだからわからないんだ」

「初めて……って、私が？」

予想外の言葉に目を丸くする。

「決まってるだろ。ふゆ以外の誰とこんなことするんだよ。だからちゃんと教えて。我慢するなよ」

言いながら彼は寒さで勃ち上がった乳首を指先で弾いてくる。

「ん……っ」

「いいな、可愛い声」

自分でも驚くほどの甘い声が漏れでてしまう。お風呂で洗っている時はなんとも思わないのに、どうして純也さんに触られるとじんじんするのだろう。

体重をかけないように私の顔の両側に手を突き、顔が近づいてくる。下唇を舌でねっとりと舐《な》められ、軽く噛まれる。つんと舌先で唇をノックされると、開いた隙間から舌先が滑り込んできた。

「はぁ……んっ」

何度もキスはした。いつも純也さんとキスをするだけで、身体が甘く痺《しび》れてしまう。お腹の奥の方が切なく疼《うず》いて、はしたなくも秘めた部分がしっとりと濡れて、自分で触りたくて堪《たま》らなくなる。

私もおずおずと舌先を差しだすと、彼の舌に絡めとられ根元からしゃぶられる。美味《おい》しいと言わんばかりにちゅぷちゅぷと上下に舌を扱《しご》かれ、キスだけで呼吸が上がっていく。

「はっ、ん、んっ……じゅ、んやさっ」

全身が熱く昂《たかぶ》り、頭の中で心臓の音が鳴り響く。目の奥がじんと熱くなって悲しくもないのに涙が溢《あふ》れそうだ。

もっと彼に触れたくて、伸ばした手を純也さんの背中に回す。そんなつもりはなかったのに、抱きあった拍子《ひょうし》に純也さんの勃ち上がった陰茎に膝が触れてしまう。びくりとして慌てて膝を引く私に対し、彼はこれ見よがしに昂《たかぶ》った下肢を押し当ててきた。

「ん、擦るの……っ、恥ずかしい」

純也さんが、私で興奮してくれているのは嬉しい。でも、そうされるとなんだか足の間が落ち着かなくなって、変な声が漏れそうになる。

「恥ずかしい？　俺も、一緒だよ……触ってもいないのに、もう達《い》きそうなくらい興奮してる。

なぁ、ふゆも少しは気持ちいいか？」

気持ちいいに決まっている。私は目を潤《うる》ませながらこくりと頷いた。ふたたび純也さんからキスが贈られて、今度は私から舌を絡めた。

「キス、気持ちいいな」

興奮に掠れた声で囁《ささや》かれると、重苦しい疼《うず》きが迫《せ》り上がってきて淫《みだ》らな愛液が溢《あふ》れだす。ショーツが水気を含んでじっとりと肌に張りついて、知らぬ間に腰をくねらせてしまう。

「はぁ……ん、んっ、気持ちいい」

「こっちは？」

指の腹で硬くしこる乳首を擦られた。

「あっ、んっ！」

思わず、首を仰《の》け反《ぞ》らせて反応してしまう。

「よさそうだな」

純也さんが私の反応を見て嬉しそうに笑うから、羞恥《しゅうち》でいたたまれなさが増す。

尖った乳嘴《にゅうし》ばかりを弄《いじ》られる。指の腹で捏《こ》ねたり、少し強めに引っ張ったり。私がどのくらい感じているか観察するみたいに。

はぁはぁと肩で息をしながら愛撫《あいぶ》に耐えていると、今度はつんと尖った乳首を舌先で転がされた。

「あぁあっ……」

肩を掴んだ手に力が入る。背中が浮き上がり、腰を彼に押しつけるようにして揺らしてしまう。

それに気を良くしたのか、純也さんは執拗《しつよう》に乳首ばかりを責めてくる。ちゅぱちゅぱと唇を使ってしゃぶっては、反対側を指先で弾く。

「あっ、はぁんっ……ん、んっ」

えも言われぬ心地よさが腰から頭の先まで突き抜けてくる。四肢から力が抜けて、ねだるような甘い声が止められない。頭を左右に振りながら、彼の髪をぐしゃぐしゃにかき回す。

熱っぽい息を漏らす純也さんが、飴玉をしゃぶるように夢中になって乳首に吸いついてくる。そして乳房を手のひらで押し上げつつ、反対側の乳首を指先で押しつぶすように弄《いじ》られた。

「はぁ、はっ、あぁっ……そこ、ばっか……もっ」

胸を弄《いじ》られているのに、秘めた部分が疼《うず》いて我慢できなくなってくる。純也さんの屹立《きつりつ》が太ももに当たるたびに、膣からとろとろと蜜がこぼれてショーツを濡らしていく。

純也さんにキャミソールとブラジャーを取り払われ、ショーツを引きずり下ろされる。思った以上に濡れているのか、ショーツを脱いでも下肢の濡れた感覚は収まらない。

「指……痛かったら言えよ」

そう言われて、指先でそっと陰唇を撫でられる。ぬるりと指先が滑ったのがわかり一気に顔に熱が集まった。純也さんは、そんな私を心配げな様子で窺《うかが》い見てくる。

「ちゃんと濡れてる。感じてくれていてよかった」

「気持ちいいから……っ、言わないで」

私が目を潤《うる》ませながら訴えると、今気づいたとばかりに「ごめん」と謝ってくる。本当にただ心配していただけらしい。

膨らんだ秘裂を上下になぞられているうちに、くちゅんくちゅんと水音が大きくなっていく。指先がつっと陰唇を滑り、ひくついた蜜穴に辿《たど》り着く。ぷちゅっと淫音を響かせつつ、太い指が浅く入り込んでくる。

「あぁぁっ、あっ、はぁっ」

身体の中で異物が蠢《うごめ》く初めての感覚に戦慄《わなな》き、甲高い声が上がった。隘路《あいろ》を広げるように指で浅いところを責められる。濡れ襞を擦り上げながら、愛液のぬめりを借りて指先がぬるぬると奥へと進んでいく。

「あ、あ、あっ、ま……待って」

指で蜜襞を擦られると徐々に下肢の中心から甘い疼《うず》きが湧き上がってきた。

彼の指の動きに合わせて、立てた膝がびくんびくんと揺れる。同時に尖った乳首を口の中で転がされると、綻《ほころ》び始めた蜜口からなにかが溢《あふ》れそうになり、堪《たま》らずに彼の指を締めつけてしまう。

「あぁっ、あ……うっ……はっあぁっ」

「早く、ここに挿《い》れたい」

余裕のない純也さんの声にますます煽《あお》られる。指を増やし隘路《あいろ》をさらに広げるようにして擦り上げられると、じゅぼじゅぼと耳を塞ぎたいほどの淫音が響く。心地よさはどんどん大きくなっていき、まるで追い立てられるように階段を上《のぼ》らされているみたいだ。

どれくらいそうされていたのか、純也さんの指が引き抜かれた。頭がのぼせたようにぼうっとして全身に力が入らない。なんとなく視線を巡《めぐ》らせると、しとどに濡れ、すっかりふやけてしまった純也さんの指が目に入る。たちまち、消え入りたいほどの羞恥《しゅうち》に駆られた。

彼はパンツのポケットから四角いパッケージを取りだす。

彼が今日、私を抱く気でいたとわかり、言いようのない喜びが湧き上がってきた。触れあいたいと思っていたのは私だけではなかったのだ。

しかし、濡れた指では破れなかったのか、純也さんが私にパッケージを手渡してくる。

「ふゆ、開けて」

「うん……」

端を破いて手渡すと、純也さんが中からコンドームを取りだす。さすがにつけるところは恥ずかしくて直視できなかった。

そっと横目で見た彼の屹立《きつりつ》は、逞《たくま》しく反《そ》り返り、その様にうっとりと魅了されてしまう。血管が浮きでてグロテスクな色合いだと思うのに、好きな人の身体の一部だと思うと綺麗に見えるなんて不思議だ。

「挿《い》れるよ」

足を持ち上げられ、脈打つ昂《たかぶ》りを蜜口に押し当てられる。私は声も出せずに身体を強張《こわば》らせた。無意識に痛みに対して身構えてしまう。

灼熱《しゃくねつ》の塊《かたまり》が隘路《あいろ》を広げて押し進んでくる。いくら指で慣らされたとはいえ、彼の太い陰茎は予想以上に苦しさをもたらした。

「ひっ、あぁぁ、あぁっ！」

首を仰《の》け反《ぞ》らせて純也さんの腕を掴み痛みに耐える。眉根を寄せ、目に涙を浮かべる私の表情で苦痛を察したのか、彼は一度腰を止めて荒く息を吐きだした。

そのままやめてしまいそうな気配に、私は目に涙を滲《にじ》ませながらも懇願《こんがん》する。

「いいから……っ、やめないで。抱いて」

この日のために受験勉強を頑張ってきた。受験が終わるまで、彼がセックスはしないと言ったから。婚姻届を提出するこの日をずっと待っていたのだ。

早く抱きあいたかった。もっとたくさんキスをしたかった。たとえ痛くても、肌を重ねてこうしていられるのが私にとってどれだけ幸せか、純也さんにもわかってほしい。

「少しだけ……我慢しろ……っ」

純也さんは私の足を抱え直し、今度は屹立《きつりつ》を一気に突き挿《い》れてきた。

「……っ!!」

身を引き裂かれるような痛みが走り、私は唇を噛んで耐える。じんじんと熱い痛みが結合部から絶え間なく湧き上がってきて、目に滲《にじ》んだ涙が頬を伝って流れ落ちた。

「ごめんな」

彼が宥《なだ》めるように私の髪を撫でてきた。まだ痛みはあったけれど、私は大丈夫だと純也さんの背中に腕を回す。

一度太い部分が中に入ってしまったからか、ゆるゆると腰を動かされても挿入された時ほどの痛みはない。

抱きあっているようやく一つになれた実感が湧いた。触れあったところからどくどくと心臓の音が伝わってきて、深く繋がっているのがわかる。

指で弄《いじ》られた時のような甘い疼《うず》きはなかったが、私はこの瞬間、ただただ幸せだった。


入籍後、私は実家から大学へ通い、純也さんは休みの間に寮への引っ越しを済ませた。

結婚式も新婚旅行もないまま、新婚夫婦である私たちの別居生活が始まったのだ。

それから五年経った今でも、離ればなれの生活は続いている。彼は今、ここから新幹線で二時間、さらに電車で数十分かかる公務員宿舎に住んでいる。

「え、なんで一緒に暮らしてないの？　旦那さんと離れて暮らすなんて寂しくない？」

翔子ちゃんが車椅子の上から不思議そうに聞いてくる。

もちろん私だって寂しい。けれど、彼の仕事の都合もあるのでどうしようもない。

純也さんは現在、愛知《あいち》県警に勤務している。国家公務員に異動はつきものなのだ。

彼からまだ一緒に暮らす話は出ていないし、ここ一ヶ月は忙しいのか電話も少なく、顔すら見ていなかった。

私は本当に純也さんの妻なのだろうか。

一ヶ月に一度、顔を合わせるだけ。それも丸一日一緒にいられるわけではない。移動に時間もかかるし、私の仕事のシフトがうまく調整できないこともある。

彼は昔と変わらず態度で愛情を示してくれるけれど、そばにいないとどうしても不安になる。いくら「愛してる」「好きだ」と言われても寂しさを埋めることはできない。

「忙しい人だからね」

私は無理やりため息を呑み込んだ。

翔子ちゃんにではなく、自分を慰《なぐさ》めるために口に出す。忙しい人だから、離れて暮らしているから仕方がないのだと。

(どうしようもないことだよね……)

彼を好きな気持ちは変わらない。けれど、純也さんが今も私と同じ気持ちでいるかどうかはわからない。最近それに気づかされた。

結婚したら想いは永遠だなんて、夢物語なのかもしれない、と。

彼がまだ私を好きでいてくれているのか。それすら自信が持てなくなる。

「そっかぁ。じゃ、たまにしか会えない分、会えた時ラブラブだね」

翔子ちゃんはウィンクしながら口元を緩めた。

だったらいいんだけどね。と心の中で返しつつ、私は曖昧《あいまい》な笑みを浮かべそっと息を吐いた。

第二章　あなたの夫、浮気してますよ

三月中旬。

仕事が丸一日休みの今日、私は高校からの友人たちとランチに出かけていた。

シフト制で働く私にとって目の前の二人は、休みが重ならなくとも会ってくれる貴重な友人たちである。大学が離れてしまってもなんだかんだと一緒にいることは多く、もう八年の年月が経てば親友といっても差し支えないだろう。

「美味《おい》しい〜！」

有名なシェフがいるというイタリアンレストランで、パスタに舌鼓《したつづみ》を打ちながら、友人の一人、アパレル関係で働く葛西《かさい》真紀が頬を押さえて幸せそうに破顔した。

「こっちのも美味《おい》しいよ。食べる？」

私は皿を差しだしながら、漏れそうになるため息を呑み込んだ。

つい、視線が鞄に入ったスマートフォンへ移る。気分が沈んでしまうのは、最近かかってきた電話のせいだった。女性の声で『あなたの夫、浮気してますよ』それだけ言って切れた。

いたずら電話だとわかっているが、もし本当に純也さんが浮気をしていたら、そんな想像をしてしまい、ひどく落ち込んだ。

（今は考えない……っ、せっかく真紀たちと会ってるんだから）

「食べる食べる！」

不安に押しつぶされそうな胸のうちを抑え、はしゃぐ真紀に笑みを返す。

真紀はどこにその量が入るのかと疑問に思うほどの健啖家《けんたんか》だ。けれど、食べ方が綺麗で品があるから、大食いな感じはまったくない。

線が細くなにを着ても似合う真紀は、高校時代から目立つ美人で、生徒会主催のミスコンで三年連続トップだった。

対して、私は――

店内のガラスに映る自分の姿にため息が漏れる。可愛いとか美人とかそれ以前の問題だ。特に真紀と一緒にいると姉に連れられた妹にしか見えない。

童顔過ぎて化粧をすると浮いてしまうため、普段は色のついたリップと、アイブローで眉を描くくらいしかしないのだが、それがよけいに幼く頼りなく見せているのかもしれない。

肩の下まである黒髪は、仕事が休みの日は結ばずに下ろしている。乳幼児レベルで丸い顔を少しでも隠したい一心だ。

「あ、そういえばセクハラ患者、退院した？」

真紀が食事の手を止めて、心配そうに聞いてきた。

仕事中、年配の男性患者から胸やお尻を触られることが頻繁《ひんぱん》にあって、つい真紀に愚痴を言ってしまったのだ。

特に私は、見た目のせいで舐《な》められやすいのか、働き始めた頃は患者からのセクハラが多かった。病気で入院している患者には言えないが「早く退院してくれないか」と何度も思ったものだ。

触られても我慢していたのがいけなかったようで、先輩看護師に注意されてからは毅然《きぜん》とした態度で接しているため頻度《ひんど》はかなり減った。

「うん、したした」

「そういうの軽く考えず、なにかあったらちゃんと上の人に相談した方がいいぞ」

もう一人の友人、柏井《かしわい》清貴も、向かいから心配そうな目を向けてくる。高校時代、真紀が生徒会長で、彼は副会長をしていた。書記をしていた私は、いつも清貴に助けられていた。

清貴の身長はおそらく一七〇センチくらい。真面目そうな雰囲気の塩顔男子の彼は、勉強もできるとあって、高校時代は頻繁《ひんぱん》に告白されていたが、なぜか恋人を作らなかった。

二人に誘われて生徒会に入った私は、高校生活のほとんどの時間を三人で過ごした。

二人はもちろん私が高校卒業と同時に入籍したのを知っている。何度か純也さんとも顔を合わせていたし、結婚報告に驚かれはしたが幸せになれと応援してくれたのだ。

「セクハラされてること、旦那は知ってんのかよ」

「ううん、言ってない。なんかそんなことで連絡するのは申し訳なくて」

本当は大激怒しそうだから言ってないだけなのだが。幼馴染《おさななじ》みから妻になっても、純也さんの心配性は変わらなかった。毎日送られてくるメッセージは「おはよう」から始まって、昼はなにを食べたか何時に帰ってくるのか、その日にどこへ遊びに行くかまで私に聞いてくる。離れている間、その日にあったことを報告するのが癖になってしまって、もう日記帳感覚だ。

「それに、セクハラしてくる患者さんなんてよくいるし。こっちが反応するとよけいに嬉しそうなんだもん。『師長を呼びますよ』って言うと、だいたいやめるから平気」

頼んだハンバーグライスを食べながら私が言うと、真紀は隣でさらに表情を曇らせた。清貴も真紀と同じ顔をしている。「よくいる」と言ってしまったからだと気づいたが、すでに遅い。

「大丈夫？　看護師だって人権あるんだから、ちゃんと純也さんにも相談した方がいいよ？」

「うん……でもさ、純也さん、電話の時、いつも職場なんだよね。日勤で土日休みっていっても、呼びだされて職場にいることが多いみたいで」

「刑事課だっけ？　事件とかあったらすぐ行かなきゃいけないのか」

「そうみたい。時間がない中で電話くれるのに、純也さん、電話だといつも私の心配ばかりなの。それは昔からなんだけど……セクハラされてるなんて言ったら、そばにいられないことを気にしそうだから」

大事にされているとは思う。態度と言葉でそれを感じる。

（でも……）

ついため息が漏れる。たくさん話したいことはあるのに、私はいつも待つばかりだ。

彼は基本土日休みでも不定期と言える。対して私はシフト制。

月の初めに互いの休日を照らし合わせてはいるけれど、なかなか一日中一緒にいられる日は作れない。

（わかってたよ……わかってたけどさ……）

もしかしたらこのままずっと別居状態が続くのではないか。そんな不安が頭を過《よぎ》る。数年で警察庁勤務になるだろうって純也さんは言っていたのに、もう五年。

いくらなんでも長過ぎではないだろうか。

「こればかりは仕方ないもんねぇ」

「自分のわがままだって、わかってるんだけどね。やっぱり……寂しくて。毎日メッセージはくるけど、気づかないですれ違っちゃうことも多いし。純也さんは仕事の話もしないし。もちろん仕事上話せないことが多いのはわかってるの。でも……私が土日休みだったら、もう少し会えてたかな、とか考えちゃって。贅沢《ぜいたく》だよね、旦那さんが単身赴任してる人なんて珍しくないのに」

テーブルに視線を落とすと、真紀が隣から私の頬を指で突《つつ》いてきた。同時に、正面から清貴の手も伸びてきて、真紀とは反対側の頬を突《つつ》かれる。

「清貴まで……二人とも、なにしてるの？」

「落ち込んでるから慰《なぐさ》めてるの」

真紀が言った。感触を楽しんでいるとしか思えないのだが、ついつい笑ってしまう。

「仕事辞めて、旦那と一緒に暮らすっていう選択肢はないのか？」

「そうよ！　純也さんだってそうしたら喜ぶんじゃない？」

看護師国家試験を受ける前、純也さんと会えなくて勉強で疲れて、専業主婦もいいかもな、なんて考えたこともあった。

でも、そうなったら、きっと彼は際限なく私を甘やかす。私も、なにもかもを彼に頼ってしまうだろう。それではだめなのだ。

大学に行かずに、一緒に来てほしいと言われた時、看護師になると宣言したのはほかでもない私だから。

「そうしたら大学を受験した意味も、国家試験を受けた意味もなくなっちゃう。最初からわかってて選んだのは私なんだよ。そりゃあ大学の頃はさ、看護師がこんなにハードな仕事だと思ってなかったし、遠距離を甘く考えてたってこともあるけどね」

「純也さんが官僚になるって聞いて、決めたんだっけ？」

真紀の言葉に私は頷いた。

実習も試験も辛かったし、甘えてしまってもいいかと思ったのは一度や二度ではないけれど。

「たしかに私が仕事を辞めれば一緒に暮らせるし、毎日……じゃなくても顔は見られるんだよね」

それでも看護師を辞めたいとは思わなかった。

彼が日々努力しているのを知っていたから、彼のお荷物になりたくなくて頑張ったに過ぎないが、今は看護師になってよかったと思っている。

「ずっと地方に行ってるわけじゃないんでしょ？」

「うん、いずれは警視庁か警察庁勤務になるって聞いてる。そうしたら一緒に暮らせるかな。……ごめんね、ここ一ヶ月くらい、純也さんと会えてなかったから、寂しくて不安になっちゃったみたい。会えない間に気持ちが離れてたらどうしようとか考えちゃって。あの、電話のこともあるし」

「なに、またかかってきたの？」

真紀が思案顔で聞いてくる。

「ううん、あの一回だけ……いたずら電話だって、わかってるんだけどね」

「いたずらに決まってるよ！　でも怖いよね。『あなたの夫、浮気してますよ』なんてさ」

私は頷いて同意を示す。

いたずら電話だと自分に言い聞かせているが、私は純也さんが毎日どんな暮らしをしているのかを知らない。だから不安ばかり募《つの》ってしまう。

「ま、離れてたって純也さんが浮気するなんて考えられないわよ」

真紀は自信ありげにそう言った。

本当にそうだろうか。

五年も離れていたら、私より近くにいるべつの女性に気持ちが移るという可能性だってなきにしもあらずだ。純也さんにはその手の誘いが後を絶たないであろうことは、想像に難《かた》くない。

(もし……私以外の人を、彼が好きになったら……)

結婚という誓約があったところで、人の気持ちを繋ぎ止めておくのは難しいのだから。

こんな風にネガティブな思考になってしまうくらい、私は寂しい。

本当はもっと一緒にいたいし、一緒に暮らしたい。

「浮気、しないなんて……わからないでしょ？」

私の言葉に清貴と真紀は顔を見合わせて笑った。二人はぷにぷにと私の丸い頬を突《つつ》いてくる。

「高校卒業したら結婚しよう、指輪つけときゃ牽制《けんせい》になるし、なんて独占欲丸出しの純也さんが浮気とか、絶対ないわ」

「絶対ないな。実家暮らしさせてるし」

「それは、そうなんだけど……」

それでもそばにいられないとやはり不安はある。

たとえば近くに魅力的な女性がいたらどうだろう。純也さんに片思いをしていて、毎日のように想いを伝えていたら。

「むしろ、ふゆがそういう心配してるって言ったら、喜ぶんじゃゃない？」

「会えなくて寂しいとか言われたら、男なら普通に嬉しいよな」

清貴まで自信ありげにそう言ってくる。

二人に言われると、そうかもしれないと思えてくるから不思議だ。私が口元を緩めると、二人も安心したように笑みを浮かべる。

「……ありがと」

その時、バッグに入れたままのスマートフォンがブーブーと音を立てて震えた。すぐに鳴り止まないところを見ると、着信のようだ。私は慌ててスマートフォンを取りだした。

「あ……」

「純也さん？　早く出たら？」

「うん……ちょっとごめんね。はい、もしもし」

店内は賑《にぎ》やかで話し声が迷惑になるとは思えなかったが、私は声を潜《ひそ》めて電話に出た。

『ふゆ？　今、外だよな？』

「うん。真紀と清貴とまだ一緒。純也さんは、仕事終わったの？」

久しぶりに彼の声を聞いて、抑えようと思っても自然に声が弾んでしまう。

『あぁ、これから所用を済ませてそっちに行く。やっとお前の声を聞けたよ。ずっと電話できなくてごめんな。話があるんだ。もう都内にいるから、なるべく早めに帰ってこられるか？』

どこかに車を停めて話をしているのかもしれない。純也さんの声に重なって車のクラクションのような音が聞こえた。

「話？」

『帰ったら話すよ。じゃ、あとで』

それだけで電話は切れた。あとは帰ってから話そうということだろう。

ランチを終えたら買い物をする予定でいたが、純也さんが家に来るのなら早めに帰りたい。でも以前から約束をしていたのに、こちらの都合で先に帰るとは言いだせなかった。清貴は基本土日休みのため、今日のためにわざわざ有休まで取ってくれたのだ。

「純也さんなんだって？」

「仕事終わって、こっちに来るみたい……」

私が言い終わるより早く、清貴が伝票を持って立ち上がった。

「じゃ、帰るか」

「そうね」

真紀も続いて立ち上がる。

「えっ、なんで？」

私は帰り支度を始める二人を、驚いて見上げた。

「だって旦那と顔を合わせるの一ヶ月ぶりなんだろ？　俺らはせいぜい二週間ぶりだしな。今回は譲ってやる」

「そうそう。そこまで野暮じゃないわよ、私たち」

「二人とも……ありがとう」

早くと二人に背中を押されて、慌ただしく店を出た。

私を真ん中にして二人が左右に立って歩く。駅へ近づくとそれなりに人の姿はあるが、土日に比べたら格段に歩いている人の数は少ない。

「月曜日の昼間に歩いてると、なんか得した気分にならないか？」

「清貴は普段土日休みだもんね。この間土曜日に来たら、あの店すごい混んでたよ」

信号待ちで、真紀が指差した先にあるのは人気の鉄板焼きの店だ。以前に三人で行ったが、どうやら真紀は恋人とも行ったらしく、一時間ほど待ったと言った。

なにげなく信号待ちで停まる車を目にすると、運転席に座る一人の女性と目が合った。綺麗な人だなと感じただけですぐに目を逸らそうとしたのに、なぜかその女性が私を凝視してくる。

（なんだろう？）

じっと睨《にら》むように見つめられ、目を離せなくなった。

十メートルほど離れているし、フロントガラス越しだからはっきりとは見えないが、派手な印象の美人だ。

(どこかで……会ったのかな?)

私が知らなくて相手が知っているということは、患者さんの家族かもしれない。けれど、あんな風に睨《にら》まれる覚えはまったくなかった。

「どうしたの? ふゆ、信号変わったよ」

「うん、ごめん」

横断歩道を渡りながら、さりげなく女性の方を見た私は、驚愕《きょうがく》のあまり「えっ?」と声を上げてしまった。

(どうして純也さんが……)

女性の運転する車の助手席に乗っていたのは純也さんだった。もう都内にいると言っていたが、女性と一緒だなんて聞いていない。

彼はとっくに私に気づいていたのか、いつもの笑顔で軽く手を振ってきた。しかし隣にいる女性の視線が鋭くて、私は引き攣《つ》った顔になってしまう。

しかしいつまでも横断歩道の真ん中で立ち止まっているわけにもいかず、点滅する青信号を見ながら急いで渡った。

(たぶん、同僚、だよね)

電話で所用を済ませてと言っていたから仕事だろう。

純也さんと同じくらいの年だろうか。警察は男社会だというイメージが漠然とあったからか、彼の隣に女性がいることに驚いた。

(私だって、男性医師と話をすることはあるし……同じだよ)

それなのにどうして今、あのいたずら電話を思い出してしまったのだろう。

家に帰れば会える。私に手を振ってきた彼に、後ろ暗い様子はまったくなかった。

「こらふゆ、ぼうっとしてんなよ。転ぶぞ」

ふらふら歩いていたからか、清貴が私の腕を引いてきた。

「あ、ごめん」

振り返ったが、純也さんを乗せた車はすでにいなかった。

私は駅の改札で二人と別れた後、急いで階段を駆け上がりホームへ向かう。だがこんな時に限って、電車が止まっていた。

月曜日の午後三時頃は、普段そこまでの混雑はない。だがすでに三十分以上電車が動いていないようで、ホームは朝のラッシュ時並みに混雑していた。

(急いでいる時に限って……)

なんだかもう……と、人がごった返すホームで私はがっくりと肩を落とした。

ようやく家に着いたのは午後五時近く。

珍しく母はすでに仕事から帰っているようで、部屋の電気はついていた。

「ただいま〜」

玄関に入ると、すぐに男物の革靴が目に飛び込んでくる。

（あ、純也さん、もう来てるんだ）

靴を揃えて脱ぐのも忘れて慌ててリビングへと行くと、久しぶりに会う純也さんの姿がそこにあった。

私はぎゅっと唇を噛みしめて涙を堪《こら》えると、ソファーに座る純也さんに駆け寄った。

「純也さん！」

「ふゆ、おかえり」

ドアの音で聞こえていたのか、母と話をしていた純也さんが振り返った。

「おかえり。もっと早く帰ってくるかと思ってたのに。遅かったわね」

「もっと早く帰りたかったけど、電車が止まってたの。純也さん、明日は休み？」

「あぁ、休み。ふゆは？」

「私も！」

会ったら話したいことがたくさんあった。聞いてほしいことも。

でもそれよりなにより、抱きしめてほしかった。

（ここじゃ無理だけど）

母は、邪魔者は退散とばかりにキッチンへと立つ。私は洗面所で手洗いとうがいを済ませると、純也さんの隣に腰かけた。少しでも近くにいたくて、肩が触れるくらいのところに座る。

「今日来るって前もって言ってくれれば、真紀たちの約束、べつの日にしたのに」

そうすればもっと長く一緒にいられたのに、と思いながら口にすると、純也さんも私が帰ってくる十分ほど前に来たところだったらしく「俺も今来たばかりなんだ」と告げられる。

「仕事が早く終わるか、わからなかったしな」

純也さんは疲れた顔でため息をついた。かなり忙しかったのだろう。でも、こうして来てくれたことが嬉しい。

「あ、さっき信号のとこにいたよね？　びっくりした」

「俺もだよ」

純也さんの隣にいたのは誰、と喉まで出かかって呑み込んだ。

せっかく一ヶ月ぶりに会えたのに、つまらない嫉妬で彼を煩《わずら》わせるのは嫌だった。

「一ヶ月ぶり、だね」

「そうだな。一ヶ月か……」

純也さんは、ぐったりとソファーにもたれかかった。休みはほとんどなかったのか、顔色はあまりよくなく痩《や》せた気がする。

「電話で、話があるって言ってたよね？」

「あぁ。ようやく内示が出たんだ。四月から警視庁勤務。ふゆ、一緒に暮らそう」

「え……本当？」

私は恐る恐る純也さんの顔を窺《うかが》う。すると彼の口から「本当」という言葉が返された。みるみるうちに目に涙が浮かんできた。家のリビングで泣くなんて恥ずかしいのに、堪《こら》えられない。

「やっと……一緒に暮らせるの？」

問いかけた声は震えていた。

「あぁ、長かったよな、五年。ようやく一緒に暮らせる」

純也さんも待ち望んでいたかのように口元を綻《ほころ》ばせている。

「そっか……ふふ、そうなんだ」

これからは一緒に暮らせる。私は両手で顔を覆《おお》って俯《うつむ》いた。

離れている間、不安だったし、寂しかった。今も愛されているのかわからなくなった。

安堵感が胸に広がる。ここから私たちは、本当の夫婦になっていけるんだ。

「今後、また異動はあるけど、俺はもうふゆと離れて暮らすつもりはないから。これからは、もっとお前といる時間を作りたい」

「うん。私もだよ」

純也さんは私の目に浮かんだ涙を指で拭い、頭をぽんと撫でてきた。

私は自分から身体を寄せて、彼の肩にもたれかかった。すぐそこに純也さんがいることが嬉しくて、心が満たされていく。

いたずら電話がかかってきたことも、純也さんの隣に座っていた女性のことも、彼の顔を見たらどうでもよくなった。

「なぁ、さっきあいつといたよな」

「あいつって……真紀と清貴？」

「そう。横断歩道で見た」

純也さんに手首を掴まれ、指でするりと撫でられる。なにが言いたいのかわからずに私が首を傾げると、純也さんはさらに声を低くして耳元で囁《ささや》いてきた。

「あいつ、ここ、触ってたな」

指先がちょんと手首に触れて、そのまま手の甲を滑り彼の手が重ねられる。指の腹でくすぐられて、全身が甘く痺《しび》れる。

純也さんの顔がすごく近くて、胸の音が頭の中で大きく響く。

「触ってたって……純也さんに気を取られてたから、手を引いてくれたの。信号が変わりそうだったでしょ？」

「車、乗り捨てようかと思った」

「もうっ、突然なにを言うのよっ！」

いくらなんでも清貴に嫉妬するなんてあり得ない。今日だって二人に会うことは知っていて、楽しんでこいと送りだしてくれたのだから。

相変わらずの溺愛っぷりに、私は思わず笑ってしまう。

純也さんの言葉一つで、今までの不安が簡単に吹き飛んでしまった。

「俺が嫉妬したらおかしいか？」

コツンと額《ひたい》と額《ひたい》がぶつけられる。

茶色がかった瞳に吸い寄せられるように見つめあっていると、真後ろからパンと手を叩くような音が響いて驚きに身体を震わせる。

「な、なに？　お母さん」

音のした方へと視線を向ければ、母が「そこまで！」と声を上げていた。

「あなたたち、親の前でラブシーン繰り広げるんじゃないわよ。お父さん帰ってきたら倒れちゃうわ」

呆れ口調で言われて、顔が熱くなる。これからずっと一緒にいられると思うと嬉しくて、すっかりここが家のリビングだということを忘れていた。

でも、キスをしていたわけでも、抱きあっていたわけでもないのだが。

「ラ、ラブシーンなんてしてない！」

「残念。俺はしたかったのに」

ソファーの上でふたたび手を引っ張られて、さらに耳元で囁《ささや》かれる。からかわれているとわかっていても堪《たま》らない。

結婚生活五年目とはいえ、まったくと言っていいほど夫への耐性はついていないのだ。それなりに身体は重ねているけれど、本当にそれなりにだ。

見つめられるだけでいまだにドキドキするし、抱きしめられたら胸が張り裂けそうなほど高鳴ってしまう。離れている期間の方が長くて、正直、今は片思いだった頃のような気持ちになってしまっていた。

「私も……したかった」

ぽつりと呟けば、それが耳に届いたのか純也さんが面映《おもは》ゆいような笑みを浮かべた。

隣あって座った足と足の間で、母から見えないように繋いだ手のひらを指で擦られた。妙に官能的なその動きに私は息を呑む。

「……っ」

指と指の間をつっと撫でられて、背中がぞくぞくするような甘やかな痺《しび》れが走った。思わず吐息が漏れてしまいそうになって唇を噛みしめると、今度は手の甲をくすぐられて、身体から力が抜けていく。

(キス、してほしいなぁ)

深い息を吐きながら純也さんの首筋に頭を擦り寄せる。彼の男らしく浮きでた喉仏が視界に入り、思わず魅入ってしまう。スンと匂いを嗅ぐように鼻の頭をくっつけると、純也さんがくすぐったそうに身を捩《よじ》った。

「こら……いたずらするなよ」

唇と唇が触れあいそうなほど近づいて、互いの息が顔にかかる。ようやく顔を見られて、こんなに近くにいるのに触れられないなんて拷問《ごうもん》だ。

「一ヶ月ぶりに会えて、一緒に暮らせるのが嬉しいのはわかったから、あなたたちはもう帰りなさい！　お父さんがリビングに入ってこられなくて固まってるじゃない！」

母にガッと頭を掴まれて、無理やり引き離される。純也さんのことも小さい頃から知っているだけに、母に遠慮はまったくない。

リビングのドアに視線を向けると、青い顔をした父が肩を落として泣きそうな目で私を見ていた。

「帰るって……隣に？」

純也さんの住む宿舎はここからは遠い。隣の実家に帰れという意味だろうか。

（いつもは泊まっていきなさいって言うのに？）

さすがにその言い方はないのでは、と目を細めるが、なぜか母は嬉しそうに笑っている。

「純也くん、マンション買ったんですって」

「そうなのっ？」

「あぁ、驚かせたくて黙ってた。今日からもう住めるようにしてあるんだ。って言っても、入るのは俺も初めてだけど。ほら、行こうか」

これから部屋を探したり引っ越しの準備をしたりするのだと思っていたから、今日から同じ部屋で過ごせると聞いて喜びが隠せない。

「ご飯パックに詰めておいたから。これ持っていって二人で食べなさい」

保存容器に入ったおかずやご飯を紙袋に入れて手渡される。

「ありがとう。お母さん」

「ふゆ、二、三日分の服とか、必要な物を用意してこいよ」

「うん。あ……マンションって近いの？」

「あぁ、ここから車ですぐのとこ。歩いても帰れる」

私は急いで化粧品や、二、三日分の着替えを旅行バッグに詰めて、家の前に停めた純也さんの車に運び入れた。

これから運び入れなければならないものはたくさんあるが、歩ける距離ならば時間のある時にちょこちょこ取りにくればいい。

車の助手席に座り二十年住んだ家を振り返る。結婚をしていても実感はほとんどなかった。だからかようやくその実感が湧いてきて、振り返った瞬間泣きたくなった。結婚して五年も経っているのに今さらだ。

購入したマンションも同じ渋谷区内だという。あれ、と車から指を差されたのは、目と鼻の先に建つ高層マンションだ。

「本当に近いね」

おそらく、歩いても十分ほどで着くだろう。閑静な住宅街を抜けた先にマンションは建っていて、私は長年住んでいてもこの辺りを通ったことはなかったが、近くにスーパーもあり暮らすには便利な場所だ。

「俺は仕事で何日か帰れない日もあるから、実家が近い方がいいだろ」

「でも四月まで、通勤が大変になるんじゃない？」

四月からは警視庁勤務とはいえ、それまでの間、出勤時間はかなり早くなってしまう。三月中は宿舎にいた方が楽なのではないだろうか。そう思って尋ねると、純也さんは目を瞬《またた》かせた後、ふっと魅力的な笑みを浮かべた。

「通勤がどうのより、俺はふゆと同じ部屋で過ごしたいんだよ」

「そっ……そう」

「それに今、異動の手続きで行ったり来たりしているんだ。向こうの宿舎の荷物を片付けたりな」

「そっか、私休みの日に片付けに行こうか？」

純也さんが暮らす宿舎に、私は入ったことがない。いつも彼がこちらに来てくれていたからだ。片付けが大変なら、私も手伝うべきじゃないだろうか。

「いや、いいよ」

「そう？」

なんだか目の前で壁を作られた気分だ。そういえば、私が会いに行くと言っても、彼は俺が行くからいいと言って譲らなかった。

（なにか……見られたくないものでもあるのかな……）

だめだ。またあの女性の声が耳によみがえってくる。

「周りは男だらけなんだよ」

「はっ？」

「ほかの男になんか絶対に会わせられるか」

吐き捨てるように純也さんが言った。

私はぽかんと口を開けたまま固まってしまう。

「ふゆ？　どうかしたか？」

私は「なんでもない」と窓の外へ視線を向けた。純也さんが私を溺愛しているのは子どもの頃から変わらない。でも、言葉にして伝えられると、妻として愛されている実感が湧く。

「これ、マンションのカードキーな」

車をマンションの裏手にある平面駐車場に停めると、純也さんがポケットから取りだした二つのカードキーのうち一枚を手渡してきた。

エントランスの前にある公園は、夕闇の中、ＬＥＤライトに照らされた芝生《しばふ》が青々と広がっている。花壇に植えられた花々や綺麗に剪定《せんてい》された樹々も、マンションの一部のように洗練されていた。

自動ドアを抜けると、高級感溢《あふ》れる磨き上げられた大理石のエントランスに、オートロックパネルがある。その奥は共用エントランスとなっているらしい。

まるでホテルのラウンジのように、ゆったりとした四人掛けのテーブルが三台並んでいて、そこから外にある花壇を眺めることができる。さらにコンシェルジュデスクがあり、宅配便などの受け取りをしてもらえるそうだ。

純也さんはここを買ったと言っていたけれど、いったいいくら払えばこの高級マンションの一室を買えるのか。もしかしたら私のために無理をしたのではないかと心配になる。

「駅から少し歩くし、ふゆが嫌だったらそのうち戸建てに引っ越してもいい。４ＬＤＫでも二百平米ないからな」

「なに言ってるの！　十分だよ！　ローンとかあるでしょっ!?」

都内で二百平米の部屋。ちなみに私の実家は百平米ちょっとの二階建てだ。ここは駅から少し離れていたとしてもいわゆる億ションなのでは。

いくら国家公務員でも、二十七歳ではそこまで給料は高くないだろう。私の給料だってそこそこだ。青ざめる私の表情で察したのか、純也さんがなんでもないことのように種明かしをする。

「金の心配はしなくていい。もともとここの土地は、じいさんの持ち物なんだ。それを相続してただけだから」

家が隣とはいえ、三十坪の土地に建てられた赤石家と、高い塀で囲まれ、都会とは思えないほど広い松坂家ではそもそもの資産が違う。

昔から当たり前のように庭で遊んでいたから考えたこともなかったが、純也さんの家は代々政治家や官僚を輩出している名家だった。

(都心の一等地にある土地って……いくらなの……？)

考えるのも怖い。彼の祖父母が他界していることは知っていたし、私も葬儀に出た。しかし、そんなすごい遺産を相続するなんて、テレビの中だけの話だと思っていた。

「ほら、ここ。入って」

玄関のドアが開けられて中へ足を踏み入れると、新しい部屋の匂いがした。純也さんの家とは違う香りで私の家とも違う。今日からここで暮らしていくのだ。

見る限り、家具は一通り揃っていた。まるで撮影のために用意されたモデルルームのようで生活感がまったくない。

「すごい……なんか贅沢《ぜいたく》な感じ」

「業者に頼んで適当に揃えたから、気に入らなかったら言えよ」

「気に入らないなんて……っ、逆！　なんか、テレビで観るような家だなって」

「そうか？」

いまいち私の言葉が通じなかったのか、純也さんはクスクスとおかしそうに笑った。

玄関を入ると左右に廊下が広がっている。右手に三十畳ほどのリビングダイニングがあり、三人掛けのL字形ソファーが置いてあった。楕円形のダイニングテーブルには八脚の椅子。とても夫婦二人の部屋とは思えない広さだ。壁に備えつけの棚には大型テレビが掛けられている。

「リビングとは反対側がゲストルーム。葛西さんが来た時に泊まってもらえばいい」

「わ……広い……これでゲストルームなの？」

玄関から左側には来客用の寝室があり、ダブルベッドが二台置いてある。ゲストルームにしては贅沢《ぜいたく》な広さだ。ちなみに実家の私の部屋はゲストルームの半分の広さもない。

「主寝室はこっちだよ。俺とふゆが一緒に寝る部屋な」

右側の廊下を通って一番奥の部屋は、二十畳はある主寝室だった。大人が二人で寝ても余裕のあるベッドが中央に鎮座し、これ見よがしに枕が二つ置いてある。

主寝室にはウォークインクローゼットのほかにもう一つドアがあり、ドアを開けると細長い廊下に出た。どうやら洗面所にあるバスルームとはべつに、シャワールームがあるらしい。

「寝室、一緒なんだ」

「嫌か？」

「そんなわけないでしょ！　そうじゃなくて……なんか、嬉しかっただけ」

毎日は無理でも、寝る時に一緒にいられることが嬉しい。

もう月末婚ではないのだと。

「一緒に寝るのを特別に感じるくらい、寂しい思いをさせてたってことだよな」

純也さんの腕が腰に回って、引き寄せられる。「ごめんな」と囁《ささや》かれ、私は彼の胸の中に顔を埋《うず》めて首を左右に振った。

「これからは……一緒に寝るのを当たり前にしよう。隣にいなきゃ眠れないくらい」

開けたままのドアに背中を押しつけられて、純也さんの両腕が背中に回ってくる。額《ひたい》や頬、唇に軽いキスが贈られる。もっとしたくて純也さんのシャツを掴むと、私の足は宙に浮いて気づいたら純也さんに持ち上げられていた。

「わっ」

抱き上げられたことで目線が合って、私は純也さんに抱きついた。

純也さんの私を見る目が劣情を孕《はら》む。全身が甘く痺《しび》れて、もっと強く抱きしめてほしくて堪《たま》らなくなる。

「これからは夫婦らしいこと、たくさんしような。一緒に暮らしながら、少しずつ俺のことを知っていってほしい」

「うん。私のことも、知ってくれる？」

「俺が知らないことなんてあるか？」

「えっ！　あるでしょ、そりゃ」

むしろ私たちは知らないことの方が多いのではないだろうか。付きあいは長くとも、一緒に暮らしたことはないのだから。

純也さんはクスクスと笑いながら、私の唇を何度も啄《ついば》んだ。チュッチュッと音を立てて、唇がくっついたり離れたりする。

「お前の身長も体重も、バストサイズもヒップサイズも知ってるけど」

「えぇっ？　嘘でしょ！」

私のスリーサイズはお尻が垂れていなければ高校時代と変わっていないはずだ。けれど純也さんに教えたことはない。

「どうかな」

「え、やだっ！　どっち！」

「さぁ」

純也さんは声を立てて笑った。茶目っ気のある笑い方はどこか子どもっぽい。こうやって少しずつ新たな一面を知っていけたらいい。

「今日から、もう一度新婚生活を始めようか」

夫婦らしいことを、これからたくさんしたい。

純也さんの顔が近づいてきて、改めて柔らかい唇が触れあう。純也さんとキスをしていると頭がぼうっとなってしまって、なにも考えられなくなるのはいつものことだ。

私たちはお互いしか知らないから、身体の相性なんてわからない。でもいつだって彼に抱かれていると、気持ち良くて離れがたくて、幸せな気分になる。

「はっ……ふ」

私を抱き上げたまま唇が隙間ないほどに重ねられる。身体が揺れて思わず純也さんの首にしがみつくと、下ろされたのは真新しいベッド。

「ふゆ、触っていいか？」

「うん」

まだお風呂に入っていないと一瞬頭を過《よぎ》ったものの、純也さんと離れたくなかった。

私が純也さんの首に抱きついたままだったから、彼も一緒にベッドへと倒れ込む。息苦しいくらい荒々しく口づけられて、腰がじんと甘く痺《しび》れた。

「はぁ、んんっ」

穿いていたストッキングを破りそうな勢いで脱がされる。半袖のカットソーが捲《めく》り上げられて胸元が露《あら》わになった。

恥ずかしいよりも久しぶりの行為に期待が大きくて、つい純也さんにぎゅっと抱きついてしまう。

だが、下腹部に硬いなにかが当たって、数秒後、私は慌てて腕を離した。

「どうした？」

顔を真っ赤にしながらも視線が下肢へと動いてしまう。

「あぁ、お前まだ慣れてないの？」

「だって！」

私の目の動きで気づいたのか、純也さんは苦笑しつつネクタイを引き抜き、シャツのボタンを外した。

「ふゆ、全部……脱がしていいか？」

私が頷くより早くスカートが下ろされ、カットソーが首から引き抜かれる。ブラジャーとショーツを取り払われると、純也さんは枕元に手を伸ばしなにかのスイッチを押した。

突然室内がオレンジ色のぼんやりとした明かりに包まれる。眩《まぶ》しくはなかったが、互いの肌までばっちりと見える状況に動揺を隠せない。

「また電気つけるのっ？」

彼はホテルで私を抱く時、いつも部屋を明るくする。さすがに実家では暗くしているが、それは電気がついているといつお母さんたちが入ってくるかわからないからだ。

私は明るい場所で純也さんに抱かれるのが恥ずかしくて恥ずかしくてしょうがない。

何度やめてと言っても、彼は見たいの一点張りだ。

「全部、見たいに決まってるだろ。お前を抱くんだから」

そんなことを言われても。

足を閉じて胸元を両手で隠すと、純也さんが私の上にのしかかり、額《ひたい》に口づけてきた。額《ひたい》から耳に唇が動かされ、熱を持った舌で耳や首筋を舐《な》められる。

「ん……っ」

彼の髪が肌に触れるくすぐったさに身を捩《よじ》ると、今度は肩から二の腕にかけて舌が動く。軽く腕を持ち上げられ、あろうことか脇の下まで舐《な》められた。

「やっ、やだ……そんなとこ舐《な》めないで。お風呂、入ってないのに」

「ふゆの身体に触りたいだけだ。嫌か？」

「嫌とかじゃないけど。やっぱり、シャワー浴びたい」

「わかった」

純也さんは私の身体を軽々と持ち上げて、寝室から廊下を通りシャワールームのドアを開けた。電気をつけると、先ほどよりさらに眩《まぶ》しい明かりに晒《さら》される。

純也さんはその場で残っていた服を脱ぎ捨て、シャワールームに私を連れて入った。

シャワーでざっと身体を流した後、ボディソープを手に取った純也さんが私の肩から腕をぬるついた手で撫でてくる。

「ふっ、ふふ……くすぐった」

「動くなよ。ちゃんと洗えない」

動くなと言われても無理だ。私は手が動かされるたびに身体をくねらせて身悶《みもだ》えてしまう。特に腰を撫でられると、背中がぞわぞわして、立っていられなくなる。

「む、りぃ……っ」

堪《たま》らず純也さんの腰にしがみつく。なるべく視界に入れないようにしていた彼の昂《たかぶ》りが下腹部で擦られて、次の瞬間強く抱きしめられた。

「ふゆ、可愛い。お前を見てるだけで達《い》きそう」

顎《あご》を掴まれて強引に上を向かされる。唇が重なって口腔《こうこう》内を貪《むさぼ》るように口づけられ、腰を撫でていた純也さんの手のひらが足の間に入ってきた。

「ん、んんんっ！」

指先で恥部に触れられて腰がびくびくと跳ね上がる。しかし手はすぐに離れていってしまい、胸や脇の下、足の指先までを綺麗に洗われた。

「全部、洗い終わった。出るぞ」

全身についた泡を洗い流した純也さんは、さっさと私を抱き上げてシャワールームを出た。バスタオルで軽く拭われると、裸のままベッドに下ろされる。

そして先ほどの続きとばかりに、足先が持ち上げられて指先が口に含まれる。

「やっ、ま、待って！　舐《な》めるって、そういうっ⁉」

自分でもなにを言っているのかわからない。

「今日は、時間がたっぷりあるだろ。俺に、ちゃんとお前を愛させて」

「でも……足の指なんか汚い」

「さっきちゃんと洗った。ほら、もう黙ってこっちに集中」

彼は私の足の甲に恭《うやうや》しく口づけながらそんな台詞《せりふ》を吐く。

どうあっても舐《な》めたいらしいと知って、私は根負けした。私がなにも言わないのを承諾と取ったのか、足の親指が口の中に含まれた。

「あっ……」

口の中で舌が動かされて、指の間を舐《な》められる。足先がぴんと張り、舐《な》められた部分から熱が広がっていく。指の一本一本を口に含まれると、くすぐったさとは異なる心地よさが身体の芯に熱を灯した。

「はぁ、はっ、ん」

頭を左右に振り乱し、呼吸が浅くなっていく。うっすらと目を開けると、彼は食い入るように私の反応を見つめていた。

荒く息を吐きだしながら私の足の指をしゃぶる純也さんの凄艶《せいえん》さに息を呑んだ。雄々《おお》しくそそり勃った陰茎はすでに天を向いていて、その先端が濡れ光っている。足を舐《な》められているだけなのに、身体の中心から覚えのある疼《うず》きが生まれて、無意識に腰をくねらせた。

私も純也さんに触りたい。けれど彼の舌が動かされるとじっとしていられず、身悶《みもだ》えながらシーツを掴んでしまう。

「あぁっ……くすぐった……っ」

純也さんは足首からふくらはぎへと舌先を滑らせた。腰からじんと甘い痺《しび》れが迫《せ》り上がってきて、足の間が落ち着かなくなる。下着を穿いていないからよけいにだ。隘路《あいろ》はすっかり蕩《とろ》けて中が濡れているのがわかる。

「くすぐったいだけじゃないだろ？」

「あ、ん……ふぅ……っ」

膝の上や、膝の裏まで丹念に舐《な》められて、くすぐったさよりも心地よさが大きくなった。

足首を掴まれ肩に抱えられる。片方の足を手のひらで愛撫《あいぶ》されながら、肩にかけたもう片方の足を舐《な》められた。

膣部を彼に晒《さら》した状態は恥ずかしくて堪《たま》らない。太ももに力を入れて閉じようともがくが、両手でがっしりと押さえられていては叶わなかった。

「……っ」

太ももにちりっと痛みが走る。薄く目を開けて見ると、ふくらはぎや太ももに、赤い花びらのような痕《あと》が散っていた。

一頻《ひとしき》り、足を舐《な》める行為に満足したのか、次は腕、下腹部と続いた。

「も、うっ……舐《な》め過ぎ、っ」

「まだ足りない」

その頃には全身が蕩《とろ》けたように力が入らなくなって、あらぬ部分がきゅんと痛いほどに疼《うず》いていた。一番触れてほしいところには触れてもらえず、もどかしさに腰が揺れる。

「あっ、あぁ……はっ、早く、触って」

「舐《な》めてるだけなのに、こんなに濡れて。エッチで本当に可愛い」

純也さんは愛おしげに下腹部に口づけてくる。彼の息がかかるだけで、じゅわっと新たな愛液が溢《あふ》れてシーツを濡らす。

すっかり蕩《とろ》けた膣部は、慣らさずとも彼を待ちわびてひくついている。純也さんはそれをわかっているくせに、焦《じ》らすように私の肌を堪能していた。

おかしい。彼はいつもこんな触れ方はしない。

私を労《いたわ》るように優しく抱いてくれるのは変わらないが、いつもよりも執拗《しつよう》というか、ねちっこい気がする。

「やっ、あぁ、もう……っ、いいからぁっ」

だんだんと我慢ができなくなってきて、私は誘うように純也さんの身体に擦り寄った。すると覆《おお》い被さっていた純也さんが、私の小さな乳房を掴んでくる。

「もう、挿《い》れてほしいのか？」

恥ずかしさに堪《こら》えきれず目に涙が浮かんでくるが、身体の反応は顕著《けんちょ》だった。純也さんの手が動くたびに、腰が跳ね上がり膣口からはしたない蜜が溢《あふ》れだす。

「お願い……っ、したい……の」

「いいな、その顔。俺を欲しがってるお前の顔、ぞくぞくする。もっと、俺を欲しがれよ」

純也さんは熱に浮かされた声で言った。

片方の乳房を手のひらで揉みしだき、反対側は乳輪ごとしゃぶられる。手のひらで押し上げられているうちに、乳嘴《にゅうし》が赤く色づき硬くしこってくる。

「はぁ……あぁっ」

甲高い声が抑えられない。じゅっと唾液を絡めて乳首を強く啜《すす》られる。痛いくらいに甘く痺《しび》れて、ますます恥部がはしたなく濡れていく。

尖った乳首を甘噛みされて、反対側は二本の指の腹で転がされる。時折、抓《つね》ったり捏《こ》ねたりしながら快感を与えられると、頭の中が陶然《とうぜん》としてきてなにも考えられなくなっていく。

「あぁぁっ、や……下、触ってぇっ」

このままでは胸だけで達してしまう。立てた膝ががくがくと震えて、四肢から力が抜けていく。お願い、お願いと何度も口に出して懇願《こんがん》しても彼は私を責めるのをやめなかった。

「や……っ、なんで……今日、おかしい……っ」

「もう少しだけ……可愛い乳首、しゃぶらせて」

足の間の疼《うず》きが収まらず、腰をくねらせ身悶《みもだ》える。

彼のものを受け入れたくて堪《たま》らない。

焦《じ》らされ過ぎて泣きたくなってくる。いつもはこんな風にしないのに。じっくり、ゆっくりと責められて頭がおかしくなりそうだ。

「あぁっ……んぁ、はぁ……」

指の腹で転がすようにくりくりと捏《こ》ねられて、かと思えば、乳輪ごと持ち上げるように抓《つね》られる。

彼の手で触れられるとおかしいくらい気持ち良くなってしまう。

硬く尖った乳首の周りを舌で辿《たど》るように舐《ねぶ》られる。すっかり鋭敏になった乳首は熟したりんごのように赤さを増して、プッツリと腫《は》れ上がっていた。ちゅぷ、くちゅっと音を立てて乳首をしゃぶられ、反対側を指で扱《しご》かれる。

「我慢……できなっ、してぇっ」

胸元に埋まった男の喉が鳴った。

彼の唇から赤い舌が覗《のぞ》くたびに、オレンジ色の光に照らされた私の胸元が淫靡《いんび》に濡れ光る。

「んっ、そ、こ……あっ」

下腹部の疼《うず》きはひどくなる一方で、私は身悶《みもだ》えながら彼を求めて昂《たかぶ》りに下肢を押しつける。覆《おお》い被さる純也さんの足に恥部が触れると、膝頭で陰唇の割れ目をなぞられた。

「あぁっ……それ、やぁっ、だめ、だめっ」

「気持ちいい?」

ぐりぐりと容赦なく敏感な場所を膝で擦られて、羞恥《しゅうち》で身体が燃え上がりそうに熱くなる。

「んんっ、あ、恥ずかし……っ、からぁ」

同時に胸の尖りをちゅぱちゅぱとしゃぶられて、どうしようもなく恥ずかしいのに、もっと擦ってとねだるように腰が震えてしまう。胸の鼓動が速さを増して、肌がじっとりと汗ばんでくる。

「はぁ、あっ……あぁっ」

「もっと感じればいい」

身体がより深い快感を求めている。膝頭で濡れた陰唇を擦られるのが堪《たま》らなく心地いい。甲高い声を上げ腰が自然と浮き上がると、さらにぐりっと花芯を捏《こ》ねられた。

「純也さ……っ、気持ちいい」

「あぁ……ここ、とろっとろだな」

弱い花芽を緩やかな動きで擦られて、腰がびくびくと跳ねる。

純也さんは私の胸に顔を埋《うず》めて、唇の上と下で乳首を引っ張ってくる。彼の吐く息は荒く、声は掠れきっていた。

「あぁっ、あ、んっ……もっ、達《い》きたい……っ、無理ぃっ」

敏感な陰核を刺激されても、膝でぐりぐりと擦られるだけでは達せない。

空《から》っぽの隘路《あいろ》が満たされず、もどかしさに苦しげな呼吸が漏れる。私は自分から足を開いて誘うように腰を突き上げた。

「はぁ……ふゆ。感じてるとこ、もっと見せて。頼む、今日は……俺の好きなようにさせてくれ」

いつもは好きなようにしていなかった、ということだろうか。気にはなったものの、快感に呑まれすぐに頭の隅に追いやられた。

「五年だ……長かったよ」

純也さんは熱に浮かされながらも切なそうに目を細める。

私だって寂しかった。純也さんと結婚している実感なんてまったくなかったし、不安にもなった。もしかしたら純也さんも同じ気持ちだったのだろうか。

「あぁぁっ、あ……もうっ」

彼もまた私の声に煽《あお》られたかのように、私の下肢に腰を押しつけてきた。陰茎の先端からは先走りが溢《あふ》れていて、太ももに擦りつけられるたびにぬるりと滑る。

「はぁ、はっ、あぁぁっ、早く……ねぇ」

何度も何度もそうされているうちに、身体を勢いよく起こした純也さんが私の両足を抱え上げて、いきり勃った楔《くさび》を握りしめた。

そして興奮しきったように息を吐きだしながら屹立《きつりつ》を扱《しご》き上げる。

「はっ……ふゆ、ふゆっ」

私は陶然《とうぜん》としながらその光景を見つめた。

純也さんが私の身体に興奮して、自身を慰《なぐさ》めている様子は淫《みだ》らで扇情的《せんじょうてき》で、目が離せなくなる。

無意識に唾を呑み込むと、目元を赤らめた純也さんが乾いた唇を舐《な》めた。

次の瞬間、痛いほど乳房を掴まれる。

「あ……っ」

「ふゆっ……かけて、いいか？」

なにをと問いかける間もなく、胸や腹に白濁が飛び散った。

肩で息をする純也さんが、恍惚《こうこつ》とした表情で私の全身を舐《な》めるように見つめてくる。そんな彼から私も目を離すことができなかった。

「なぁ、ふゆ……俺を知ってって言ったよな？」

私は熱に浮かされ肩で息をしながら、いつもとはどこか違う純也さんをじっと見つめる。

私に覆《おお》い被さってきた純也さんが、胸に飛び散った吐精を手のひらで塗りたくってくる。私を見る瞳はいまだ熱を孕《はら》み濡れていた。

「お前を精液まみれにして興奮する男でも、嫌じゃない？」

達してもなお、下腹部に当たる欲望は硬く膨らんだままだ。

「せ……っ!?　い、嫌じゃないけど……なんで？」

私はしどろもどろになりながら答える。純也さんがどうして突然そんなことを言いだしたのかわからず、恥ずかしさよりも困惑が勝った。

「ふゆが俺から逃げるかもしれないって……怖かったんだよ。離れて暮らしてると、お前がなにを考えてるのかわからないから、できるだけ嫌がられるようなことはしたくなかった」

ホテルや実家の部屋で純也さんに抱かれる時、彼はいつも私の身体を気遣い、慎重に抱いてくれていたように思う。私は純也さんとしか身体を重ねたことがないから、普通の基準がよくわからないが。

「逃げるわけない」

「本当に？　まぁ、逃げたくても、逃がしはしないけどな」

純也さんの瞳がすっと細くなる。逃げるなんて失礼だ。私がどれだけ純也さんと一緒に暮らしたかったか。一ヶ月ぶりに顔を見るだけで泣いてしまうくらい、寂しかった。

「純也さんになら、なにされてもいいってくらい、好きだもん」

「へぇ、そんなこと言っていいの？　じゃあもう、遠慮しなくていいか？」

彼は、胸元に飛び散った精液を指で拭い、挑戦的に笑う。そしてその指を私の口の中へと入れてきた。

「んん……っ」

口の中が青臭さでいっぱいになって、あまりのまずさに目に涙が浮かぶ。

思わず彼の手から逃れようとすると、顎《あご》を掴まれて強引に指が入り込んでくる。

そのままぐるりと指で口腔《こうこう》内をかき混ぜられ、唾液と混ざった粘ついた精液を、喉を鳴らして飲み込んでしまった。

「はぁ……はっ、む」

「もっと舐《な》めて」

次から次へと指ですくい取っては口に入れられる。決して美味《おい》しくはないのに、次第に熱に浮かされたように陶然《とうぜん》としてきた。

ちゅぱちゅぱと彼の指をしゃぶり、舌を這《は》わせる。

その様子を、純也さんが恍惚《こうこつ》とした眼差しで見つめていた。

「ふゆ……好きだ。愛してる。ずっと、一緒にいよう。なぁ、お前も俺を好きだと、愛してると言ってくれ」

「好きだよ……大好き。愛して……っ、ん、んんっ！」

唇が塞がれて激しく口腔《こうこう》内を貪《むさぼ》られる。舌を引っ張り啜《すす》られて、純也さんの唾液が注《そそ》がれた。口の中に溢《あふ》れる唾液をどうにか飲み干すと、いい子だとでも言うように髪が撫でられる。

「はぁっ、んんっ……ふ」

クチュと淫《みだ》らな音を立てながら徐々に貪《むさぼ》るように変化していく口づけに、私はなにも考えられなくなる。

「はっ、んん」

「もっと、飲んで」

たらりと舌先から唾液が落とされて、同時に手に取った白濁を口腔《こうこう》内へと差し入れられる。とんだ変態っぷりを見せつけられているのに、なぜか私は彼の行為を嫌だとは思わなかった。

「ん……」

彼の背中に腕を回し唇を深く重ねると、口腔《こうこう》内を舐《ねぶ》る舌が私の舌を絡めとり強く唾液ごと吸われる。口の中はまだ純也さんの吐きだしたものの味が残っていたのだろう。若干顔を顰《しか》めたものの、それでも彼は楽しそうに笑った。

「ふっ……まずいな」

唇についた唾液を舐《な》め取る仕草があまりに扇情的《せんじょうてき》で、私は惚《ほう》けたように彼を見つめてしまう。口の中は今まで味わったことのない生臭さでいっぱいなのに、もっとくっつきたくて、キスをしたくて堪《たま》らない。

「もう一回舐《な》めて」

口の中に人差し指が入ってきて、口腔《こうこう》内をぐるりとかき混ぜられる。

「はぁ……っ、ふ、う」

「じゅん、やさ……っ、ぎゅって、したい」

私は彼の背中に腕を回すと、軽く触れあわせるように自分から口づけた。

「待ち遠しかった……本当に」

心底嬉しそうに柔らかく微笑んだ純也さんが可愛くて、私の胸がきゅんと音を立てる。十年来の幼馴染《おさななじ》みなのに、私は会うたびにこの人に恋をしている。

「久しぶりだから、いっぱい濡らさないとな」

唾液をまとう指で、足の間をそっと撫でられる。すっかり蕩《とろ》けてしまった私の身体は指で濡らす必要もないほどに愛液にまみれていた。

「慣らす必要、ないか？」

「……っ」

かっと頬に熱が集まるが、私の反応に心底安堵したような表情の純也さんを見ていると、なにも言えない。それよりも久しぶりに抱きあえることが嬉しくて心が満たされる。

官能を高めあう深い口づけが贈られて何度も「愛している」と囁《ささや》かれ、待ちわびていた私の身体は本能のままに純也さんを欲した。

唾液を絡ませた指が陰唇の割れ目に沿って上下に動く。唾液と愛液が混ざりあい、ぬるぬると指が滑る。

口腔《こうこう》内を縦横無尽《じゅうおうむじん》に動き回る舌に蕩《とろ》かされ、私の四肢から力が抜けていった。

「はっ……あ、んんっ」

もどかしさに身体をくねらせると、彼の熱い塊《かたまり》が太ももに当たる。一度達した後も硬さを保っていた陰茎は、さらに雄々《おお》しくそそり勃っていた。

「早く、お前の中に入りたい」

低く艶《つや》めいた純也さんの声は欲情しきって掠れていて、私の身体も彼の声に煽《あお》られ昂《たかぶ》っていく。

指で撫でられている陰唇からはとろとろと絶え間なく蜜が溢《あふ》れでていた。

「ふゆがいれば、それでいい。お前しかいらない。ほかの誰も目に入らない。昔から……俺にとっての女は、ふゆだけだ」

「私、だけ？」

「あぁ」

間近でハッと荒い息が吐きだされて、熱のこもった眼差しに射貫かれた。

こんなにも深く愛されている。

このまま時が止まればいいのに、そう思うほどの幸福感に満たされて、目の奥が熱くなった。

ずっと不安だった。まだ彼に愛されているのかと。ほかに好きな人ができてしまったらどうしようかと。

大事に思われていると実感し、これまでの不安が消えていった。

「ん……っ」

私の小さな乳房は彼の大きな手のひらにすっぽりと収まる。粘ついた精液を身体に塗りたくりながら、手のひらで柔らかい肉をゆらゆらと揺らされ、指先で頂《いただき》を弾かれた。

「あぁんっ」

自分の口から思いもよらない甘い声が漏れた。

頭の中が沸騰しているように熱くて、恥ずかしくて涙まで浮かんでくる。それなのに、私を見る純也さんの目は先ほどよりもずっと甘い。

「可愛い。そんな声を聞いたら我慢できなくなる。会えなかった間、触れたくて……抱きたくて、おかしくなりそうだったよ」

荒々しい呼吸を漏らしながら、彼はふたたび自身の欲望を擦り上げる。うっと呻《うめ》くような声が聞こえて、下腹部に白濁が飛び散った。それをまた胸に塗りたくられる。

精液にまみれた乳首が摘ままれ指の腹で転がされると、新たな愛液が膣口を濡らす。下肢を弄《いじ》る指先がちゅぷんと音を立てて中へと差し挿《い》れられた。

「あっ、はぁ……っ」

彼に触れられるだけで、身体がおかしくなってしまったかと思うほど鼓動が速くなる。

「俺はおかしいくらい、お前に惚れてるんだ。覚悟しておけよ。嫌だって言っても逃がしてやらない。これから、溺《おぼ》れるほど愛してやる」

純也さんは真っ直ぐに私を見つめてそう言った。

「嬉しい」

私がぎゅっと彼の身体に抱きつくと、愛おしげに抱き返される。

「もっと奥、挿《い》れるよ」

ぐっと人差し指が中へと入ってくる。

愛液をかき混ぜるようにゆっくりと動かされると、媚肉が収縮し彼の指を強く締めつけた。蜜襞を擦られるたびにくちゅくちゅと音がして淫水が弾ける。

さらに指が増やされて二本の指を中でばらばらに動かされた。うねる柔襞を広げるようにぐるりと指を回されて、頭の先まで喜悦《きえつ》が突き抜けてくる。

「ん、あっ、あぁ……はっ」

指の腹でうねる膣襞を擦られると、お腹の奥が切なく疼《うず》く。早く彼を受け入れたくて、もどかしくて苦しくて泣きそうだ。

唇が重なり、まるで優しくすると言われているみたいに、そっと下唇を啄《ついば》まれて舌が差し入れられた。

「ん……ん、はぁ」

彼は敢えて濡れた音を聞かせるかのように指を動かしてくる。

ちゅくちゅくと断続的な音を響かせながら溢《あふ》れたものをかき混ぜられて、愛液が噴きだしてきた。

「あぁあっ！」

激しく蜜襞を擦られて、私の身体は上へ上へと逃げようとする。しかし、純也さんの手にしっかりと腰を掴まれていて、シーツの上で足を泳がせることしかできない。

立てた膝が震えて溢《あふ》れた愛液が臀部《でんぶ》まで垂れてくる。隘路《あいろ》を押し広げるように二本の指をゆっくりと動かされ、鋭い刺激が頭の芯を突き抜けていった。

「痛くないか？」

「あっ、あっ、あぁ……ゆ、び……おかしくなる」

「達《い》ってるところを見せて」

純也さんの熱を帯びた視線が私の肌を戦慄《わなな》かせる。

気持ちのいい場所に触れられるたびに、離したくないというようにきつく指を締めつけてしまう。

徐々に指の動きが速さを増して、愛液をまとわりつかせながらリズミカルな動きで蜜襞を擦り上げていく。

「あぁっ、あぁんっ、待って、はぁ……や、それっ……あぁぁっ」

はしたないよがり声が止められない。助けを求めるように腕を伸ばすと、純也さんが口づけてきて、私のあられもない声が彼の唇の中に呑み込まれていった。

「んっ、んん、むっ……」

身体の奥まった場所がじんじんと疼《うず》いて、頭の中まで痺《しび》れてくる。なにかに追い立てられるように、深い場所に落ちていきそうになる。達したいのに達することができなくて、私はただただ彼の背中に縋《すが》りついた。

「指だけじゃ、まだ達《い》けないか」

独り言のように告げられる。

チュポッと蜜音が聞こえて圧迫感がひどくなった。もう一本指を増やされ、三本の指で奥を突かれる。純也さんの舌が口腔《こうこう》内を蹂躙《じゅうりん》するように動くと、飲み込みきれなかった唾液が口の端から流れ落ちた。

「はぁ……ふ、っん」

あまりの心地よさに意識が朦朧《もうろう》としてくる。三本の指が濡れ襞を広げるようにぐるりと回される。それだけでも十分過ぎるほどの快感なのに、彼は尖った胸の頂《いただき》までもをくりくりと捏《こ》ねくり回してきた。彼の吐精で指がぬるぬると滑り、おかしいくらい感じてしまう。

「んんっ、ふっ、ぅ〜っ！」

狂おしいほどの快感に気が遠くなりそうだ。指と手で愛撫《あいぶ》されているだけで、いつも以上に感じてしまっているのに、彼のものを受け入れたら私はいったいどうなってしまうのだろう。

指の抽送《ちゅうそう》が激しくなるにつれ、濡れそぼった蜜口から垂れた愛液がシーツをびっしょりと濡らしていく。恥ずかしいとも考えられなくなった頃、身体を起こした純也さんの顔が下肢へと下りていった。

「ここだけ、まだ舐《な》めてなかったよな」

ぼんやりとその光景を見つめていたが、足を開かされてぐっしょりと濡れたそこを見つめられていると知れば、いてもたってもいられない。

「やっ……やだっ」

「お前の頭の先から爪の先まで、俺のものだろ？」

ぐっと太ももを持ち上げられて、彼の顔が下肢に埋《うず》められる。ぬるりとした生温かい感触は、間違いなく彼の舌だ。

それと同時に媚肉を指で擦り上げられ、意識が遠くなりそうなほどの快感がやってくる。

「あぁぁっ、それ……やぁぁっ」

悲しくもないのに目の前が涙で霞《かす》んで滲《にじ》む。

凄絶《せいぜつ》な喜悦《きえつ》が迫《せ》り上がってきて、私は思わず純也さんの髪を掴みながら頭を左右に振り、腰を浮き上がらせた。

「ひ、あぁっ……あ、あっ……はぁ、やっ」

首を仰《の》け反《ぞ》らせながら切迫した声を上げる。

はしたなく蜜をこぼす部分をぬるぬると舐《な》められて、苦しいくらいの快感に襲われる。

全身を舌で舐《な》められるよりもはるかに強い快感に、私はなすすべなく身悶《みもだ》えた。おかしくなってしまいそうだから離れてほしいのに、気持ち良くてもっとしてほしいとも思う。

指を抽送《ちゅうそう》するたびに溢《あふ》れでる愛液を舐《な》め取る、くちゅくちゅという淫《みだ》らな音が下肢から聞こえる。

舌先は蜜穴の周りをくるりと動き、淡い茂みに辿《たど》り着いた。

「あぁぁあっ……やっ、そこ、だめぇっ……!」

茂みに隠れた淫芽に硬く尖らせた舌が触れ、ちゅるっと花芽ごと口の中に含まれて舌先で転がされる。

「ここ、好きだよな?」

ずぶずぶと指で蜜襞を擦られつつ、舌でつんと尖る淫芽を弄《いじ》られる。

「ひぁぁっ、あぁっ……あぁっんんっ」

私はびくびくと腰を震わせながら、背中を仰《の》け反《ぞ》らせた。

目の前が真っ白に光り、全身が硬く強張《こわば》る。なにかが身体の中から弾けてしまいそうな感覚に、私はがくがくと腰を震わせた。

包皮を捲《めく》り上げ舌で扱《しご》くように舐《ねぶ》られると、淫《みだ》らな芽は徐々に硬く尖ってくる。舌が動くたびにじんと甘い喜悦《きえつ》が湧き上がってきて、あまりの気持ち良さに逼迫《ひっぱく》した声が止まらなくなる。

「いいよ、達《い》って。俺も、もう……余裕ない。早く挿《い》れたい」

「ひっ、ん……あ、あぁっ、あっ……達《い》く、達《い》くっ……っ」

尖った花芯ごとじゅるじゅるとしゃぶられて、自分でもなにを口走っているかわからなくなる。頭を振りながら、もうだめだと言葉を紡《つむ》いだ。

「あぁ、あぁぁ――っ！」

ついに我慢の限界がやってきて、大量の蜜が弾けた。凄《すさ》まじい絶頂に、足の先まで恐ろしいほどの愉悦《ゆえつ》が駆け巡《めぐ》った。

「はぁ……はっ、あ、ぅ」

全身が激しく戦慄《わなな》き頭の中が真っ白になる。身体が小刻みに痙攣《けいれん》し、足先がシーツの上でぴんと伸びた。

愛液をまとわせながらぬるりと三本の指が抜けでるのをリアルに感じてしまう。中を埋め尽くしていた指を失った蜜襞が、物足りなそうに収縮し蜜を溢《あふ》れさせた。

「はぁっ……じゅ、んや……さ」

荒い呼吸を整えながら弛緩《しかん》した身体をシーツに沈ませる。気怠《けだる》さに目が開けていられなくなって、まぶたが落ちていく。

「寝るなよ」

こら、と柔らかい頬を突《つつ》かれて、重たいまぶたを開く。それを確認した彼は、身体を起こして濡れた手で私の足を抱え上げた。

中心にある純也さんのものは、血管が浮きでるほど雄々《おお》しくそそり勃っている。先端からは先走りが流れ落ち、太い陰茎を濡らしていた。

「挿《い》れるよ」

期待で喉が鳴る。

純也さんは、いきり勃った肉棒に手を添えて、濡れそぼった私の蜜口に押し当ててきた。

ぬるりと先端が押し入ってくる。緊張で身体が強張《こわば》るが、慣らされた身体はスムーズに彼のものを受け入れていく。

「ひ……あぁっ！」

指とは比べ物にならない質量に身体が戦慄《わなな》き、無意識に腰が逃げようとする。それを、がっしりと掴まれ強く引き寄せられると、深いところに彼の脈動を感じた。

ゆっくりと容赦なく深い部分に押し入ってくる屹立《きつりつ》の大きさに、私の全身が震える。頭の中が陶《とう》然《ぜん》とするほどの心地よさに、首を仰《の》け反《ぞ》らせる。

「あぁっ、んっ、はぁ……っ」

中を埋め尽くすものの大きさに息が詰まる。

涙に滲《にじ》んだ目を上に向けると、私以上に苦しそうな顔をした彼がいた。

純也さんが深く息を吐きだしたタイミングで、額《ひたい》から流れた汗が胸元に落ちる。目尻から流れた涙を拭われて純也さんの口が「悪い」と動いた。

「抱くのは三ヶ月ぶり、くらいか？　久しぶり過ぎて……中、けっこうきついな」

彼の頬にそっと触れて、私たちはどちらからともなく自然に唇を触れあわせた。口腔《こうこう》内を舐《な》め回される心地よさに身体から力が抜ける。

軽く腰を揺すられて、中からじわりと愛液が溢《あふ》れてきた。

「はぁ……っ」

「動くぞ」

苦しげに吐きだされた息は変わらなかったけれど、耳に届く扇情的《せんじょうてき》な声色がぞくぞくするほど艶《なま》めかしくて、私は愛おしさにうっとりと目を瞑《つむ》り頷いた。

「あ、んっ……」

浅い場所からゆっくりと引きだされ、また戻される。膣壁を擦り上げながら、抜き差しの動きが徐々に大きくなっていく。

擦られるたびに大量の愛液が膣口を濡らし、腰の動きがよりスムーズになり、陰茎が奥へ奥へと入ってくる。

「あっ……あっあ、は……」

結合部からくちくちと愛液がかき混ぜられる音がして、ふたたび下腹部から燃え立つような感覚が生まれてくる。

ずるりと柔襞を刮《こそ》げながら雁首《かりくび》を引き抜かれると、媚肉がはち切れんばかりに膨れ上がる陰茎を締めつけ収縮する。そしてまた、ゆったりとした動作で最奥《さいおう》を穿《うが》たれて、お腹の奥の方でどくどくと彼のものが脈動するのがわかった。

「もっと、奥、とんとんすると、気持ちいいだろ?」

「やぁあっ、あ、あ、そこ、だめ……あっ……っ、あぁっ」

ぐぐっと隘路《あいろ》を広げるようにして先端がめり込んでくる。

滑《なめ》らかな動きで腰を打ちつけられて、最奥《さいおう》を突かれるたびに甘やかな声が漏れでてしまう。私の反応を見ながら、次第に純也さんの動きが速まっていった。

「あぁん、あっ、あっあ……はっ、ん」

がつがつと狂おしいほどのスピードで抽送《ちゅうそう》が繰り返される。深く唇が重なり、舌を舐《な》めしゃぶられて繋がった部分がきゅんと疼《うず》く。

「ふ、んぁっ、はぁ、んっ……」

亀頭でうねる蜜襞を擦られ、ぐちゅっと愛液が弾けた。

口腔《こうこう》に唾液を注《そそ》ぎ込まれ、激しく動く舌でかき混ぜられる。全身が燃え上がるように熱く、口を開くと嬌声《きょうせい》しかでてこない。

「はぁ、ん、ん……ふぅ、はっ」

はしたなく蜜の混ざりあう音が上からも下からも聞こえて、下腹部から迫《せ》り上がってくる愉悦《ゆえつ》に身体が跳ねる。

真っ直ぐに上から刺すような動きが、硬い雁首《かりくび》で中をぐるりとかき混ぜるような動きに変わり、敏感な部分を先端が掠める。

「んぁっ、はぁっ……ん……んっ」

絶えず漏れる悲鳴じみた嬌声《きょうせい》が純也さんの口の中に呑み込まれていく。彼の腰の動きに合わせて、いつしか私は自ら腰を揺らしていた。

熱い舌で口蓋《こうがい》や歯茎をなぞられ、唇が唾液でべとべとになる。気持ちのいいことしか考えられなくなって、夢中で腰を振り、深いキスをした。

ちゅぷちゅぷと身体の揺れに合わせて濡れた水音が響く。身体ごと揺さぶられて、全身が蕩《とろ》けてしまいそうなほど気持ちがいい。

「ふゆ……っ、可愛い……愛してる」

「んんっ、わ、たしもっ……好き……純也さん、好き」

汗を滴《したた》らせながら熱に浮かされたように告げられて、私は夢心地のまま言葉を返す。

「また……きちゃっ……あぁ、達《い》く、も、はぁっ」

「達《い》けよ」

興奮で掠れた純也さんの声にまで、身体がぞくぞくと震える。

捻《ねじ》り込むような腰の動きで、弱い場所ばかりを執拗《しつよう》に穿《うが》たれる。覆《おお》い被さる純也さんの胸で赤く腫《は》れた乳首が擦られて、それだけでも高みへ昇りそうだ。

「ん、あ、あぁ……もう、だめなのっ」

私は髪を振り乱しながら、必死に純也さんの背中にしがみついた。

肌が粟立《あわだ》つような快感が腰から迫《せ》り上がってきて、目眩《めまい》がするほどの激しい抜き差しに陶酔《とうすい》する。

「あ、んんっ……達《い》くっ、あ……いっ、く、も……っ」

持ち上げられた膝ががくがくと震える。子宮近くを亀頭で擦り上げられ、背中を仰《の》け反《ぞ》らせながら甘く喘《あえ》いだ。

激しい絶頂の波に攫《さら》われて、激しい抽送《ちゅうそう》と共に泡立った愛液がピシャリと弾け飛んだ。

「ひぁ――っ！」

激烈な愉悦《ゆえつ》に呑まれた瞬間、脈動する屹立《きつりつ》をきつく締めつける。

「はっ……ふゆっ……中、出していいか、っ？」

耳元で純也さんの息を詰めたような声が聞こえて、私は恍惚《こうこつ》としながら必死で頷く。

「あっ、して……中にっ、あぁ……あつ、い……出てる」

中にびゅくびゅくと射液が放たれて、彼が腰を震わせて絶頂を迎えたのがわかる。下腹部が温かくなって彼に愛された証《あかし》に満たされると、全身から力が抜けてシーツに身体が沈み込んだ。

純也さんの重みを感じながら呼吸を整え、鳴り響く心臓の音を聞く。私は涙に濡れた目で、うっとりと宙を見つめた。

このまま眠りに落ちそうな、心地いい倦怠感《けんたいかん》に全身が包まれる。

「はぁっ……はっ、ふゆ」

汗ばんだ額《ひたい》を優しく拭われ、純也さんの唇が私の唇を啄《ついば》んだ。

「ん……んっ」

汗ばんだ肌が重なり、荒い呼吸ごと貪《むさぼ》るような口づけを与えられ、ふたたび身体に熱が灯《とも》る。

ねっとりと熱い舌が絡まり、歯列をなぞられた。

受け入れたままの彼を無意識に締めつけると、中で硬くなった屹立《きつりつ》が勢いを取り戻した。ゆさゆさと腰を揺らされ、新たな愛液がとろりと溢《あふ》れだす。

「はっ、ん……ぁっ、また」

「まだ、終わらないからな」

それから何時間も身体を貪《むさぼ》られるように愛されて、何度も高みへと達した。

「あっ……あぁっ」

理性的な彼が、本能のままに全身を震わせる姿から目が離せない。

それはとてつもなく扇情的《せんじょうてき》で、私を堪《たま》らない気持ちにさせる。

結局、空腹に耐えきれず私のお腹が音を立てるまで、彼の腕の中で甘く喘《あえ》がされた。


実家から持って帰った惣菜を食べて、二人で片付けを終えた。

風呂に入り終えると、時計はすでに夜の十一時を指している。

まったりとテレビを観ながら、彼は私の髪に触れたり、抱きしめてきたりするからドキドキして落ち着かない。

実家から持ってきた服や、日用品の片付けもしなければならないが、明日でいいだろう。

（もう遅いし、そろそろ寝た方がいいかな）

でも、まったりとしているのも幸せで、ついつい彼の肩にもたれかかったまま目を瞑《つむ》る。

「ふゆ」

隣に座っていた純也さんが私の髪に口づけながら名前を呼ぶ。うつらうつらとしていた私は返事の代わりに目を開けて純也さんを見た。

「患者にセクハラされてるって聞いた」

「え、誰に？　お母さんに聞いたの？」

純也さんは私の質問には答えず言葉を続けた。

「仕事を辞めてもいいんだぞ。ほかの男に触られるなんて、嫌だろ？」

「辞めるわけないでしょ。そりゃ嫌なものは嫌だけど、触られても我慢なんてしてないし。ちゃんとはっきりやめてくださいって言ってるから」

あまりにひどい場合は、師長に相談して担当を外してもらうなどの対処法もある。そう言っても、純也さんは納得しなかった。

「男は男だろ。ふゆに触っていい男は俺だけなんだよ」

「私だって……純也さん以外の人になんか触られたくないよ。けど、純也さんに甘やかされるばかりになっちゃうってわかるから、今は辞めたくない」

「俺はお前を甘やかしたいんだよ。それに……もう離したくない。ふゆがいない生活なんて耐えられない」

切なげな声で囁《ささや》かれて、私は自分から純也さんの唇を塞いだ。くちゅっと互いの舌が音を立てて触れあい、唇を離すと銀糸が伝う。

「甘やかされて、だめだめになっちゃっても、離さないでくれる？」

「むしろ、甘やかしまくって俺がいなきゃ生きていけなくしたいな。なぁ、ふゆ。俺がいつコンドームの用意してたか教えてやろうか？」

「へ？」

突然なにを言い出すのかと思ったら、純也さんは口元をにやりと緩めて耳打ちしてきた。

「高校を卒業する頃だ」

「私が？」

「まさか、俺に決まってるだろ。その頃からずっと、お前が欲しかったんだよ」

いくらなんでも冗談だろう。彼が高校三年の頃、私は中学二年生だ。

あはは、と乾いた笑いを漏らすと、純也さんは大真面目に「もちろん、その時に使おうと思ったわけじゃない」と訂正してきた。

「気持ち悪いか？」

そう聞かれて、私は自分が少しも不快に感じていないことに気づいた。純也さん以外の男性に中学生の時から狙っていたなんて言われたらドン引きだが。

「ううん、気持ち悪くない。べつに純也さんがロリコンでもいいよ」

たとえ純也さんが幼い見た目の女性を好んでいても、私だけを愛してくれるなら問題ない。

「俺はロリコンじゃない」

純也さんは疲れた様子で肩を落とした。

「はぁ……でも私、本当に鈍かったんだね……」

よくよく思い返してみると、昔から純也さんは、二人きりになるとしょっちゅう私を抱き上げてきた。それに頬へのキスなんて日常茶飯事だったし、ふざけて首に噛みついてくることもあった。

(今さらだけど、ふざけてたって……普通しないよね)

どうして気がつかなかったのだろう。ずっと妹扱いされていると思っていたけど、兄妹で頬にキスはしない。未就学児ならいざ知らず、中学、高校でなんて。いくら自分の見た目が幼いからって、もっと早く気づくべきだった。

「っていうか、現在進行形で鈍いけどな。お前、俺になにされても嫌がらないから、昔は大変だった。何度犯してやろうと思ったかわからない」

「好きな人に触られて嫌がるわけないでしょ！　昔だって……頬じゃなくて、口にキスしてほしいって思ってたし」

顔を赤らめて言うと、純也さんが私を膝に抱き上げてくる。

おそらくあの頃は、期待してしまう自分を抑えるために妹扱いされているだけだと思い込もうとしていたのだろう。

「好きだよ。好き過ぎて、自分を抑えられなくなる。どうにかして俺から離れられなくしたいくらいだ。今度縛ってもいいか？」

「いいわけないでしょ！」

「お前、俺にならなにされてもいいって言っただろ」

たしかに言った。言ったが、私はちらりと純也さんの目を覗《のぞ》き込む。冗談だと思いたかったが、彼は真剣そのものだった。

「痛いのはいや」

「わかってる。お前に痛い思いなんてさせないよ」

それはもう嬉しそうに相好《そうごう》を崩す純也さんは、なんだか私の知らない人みたいだ。

優しくて穏やかで、落ち着いている純也さんのイメージががらがらと崩れていく。

たまに子どもっぽく私をからかうことはあったけど、基本的に考え方が大人で、自分からこうしたいと望みを言わない人だったのに。

でも私は、今の純也さんの方が好きだ。彼が望むことなら、できるだけ叶えてあげたい。もちろん、縛るのを了承したわけじゃないけど。

「そういえばさ、純也さん、赤ちゃんできたら嬉しい？」

避妊具なしでしたのは初めてだったが、近いうちにできる可能性はある。この様子では、私が妊娠したら心配性に拍車がかかるのではないだろうか。

「あぁ、そうだな。ここ……俺のでいっぱいにしたから、できるかもな」

純也さんの手が私の下腹部に伸ばされる。

つい先ほどまで抱きあっていた。自分から中に出していいと言ったことを思い出して、頬が火照《ほて》ってくる。

なんだか甘い空気がふたたびやってきそうな気配に、彼を受け入れていた部分がきゅっと疼《うず》いた。

「もう……今日は、無理だよ」

「じゃあ、キスだけ」

ふにっと柔らかい唇が触れる。純也さんはテーブルに置いてあるリモコンに手を伸ばし、つけっぱなしだったテレビを消した。

「ん、ん……っ」

途端に舌先で唇の上を舐《な》められて、粘ついた淫音がシンとした室内に響く。上唇と下唇を交互に甘噛みされ腰に重い痺《しび》れが走る。

久しぶりに彼を迎えたそこは今もヒリヒリと痛んでいた。それなのに足りないとばかりに淫《みだ》らな蜜を垂らし始める。

頭をぐっと引き寄せられ隙間なく口づけられると、さすがに息苦しくなってくる。けれど私がとんと彼の肩を叩いても美味《おい》しそうに舌をしゃぶる純也さんには通じない。

くったりと身体から力が抜けてしまい、気づくと私が純也さんの身体を跨《また》いで押し倒すような体勢になっていた。

「ふっ……む、うっ」

後頭部を手のひらで掴まれて、口腔《こうこう》内を純也さんの舌が縦横無尽《じゅうおうむじん》に動き回る。

口を閉じることができず、たらたらと溢《あふ》れる唾液が彼の口の中に呑み込まれていく。

密着した下肢に、硬いものが押しつけられた。そのまま彼は腰を揺すって、私の臀《でん》部《ぶ》を淫《みだ》らな手つきで撫でてくる。

「挿《い》れちゃ……あっ、ん」

ごりごりと足の間を擦られる。私はなんとか理性をかき集めて純也さんの胸元を叩き、今日はもう無理だと伝えるが、敏感な部分への愛《あい》撫《ぶ》に自ら腰を揺らしてしまう。

「挿《い》れないよ。中、傷がついたら大変だろ」

そう言いながらも、純也さんは腰を上下に浮かせて、ますます激しく私の恥部を布越しの先端で擦ってくる。唇が離れると、まだ足りないとばかりに後頭部を引き寄せ口づけられる。

「はぁ……っ、は、んっ」

パジャマのズボン越しに臀《でん》部《ぶ》を撫でられて、腰が跳ねてしまう。口づけの合間に熱っぽい息を吐きだすと、私の表情に魅入られたかのように彼が恍惚《こうこつ》と目を細めた。

「ほかの男に触られて感じるなよ？　ふゆの感じてる顔を見ていいのは、俺だけだ」

張り詰めた楔《くさび》をパジャマ越しにぐっと突き立てられる。挿《い》れられているかのような擬似的なセックスに感じ入り、私は耐えきれず甘やかな声を上げた。

「感じるわけ……なっ、あぁ……っ！」

ほかの男になんか感じるわけがないのに。患者に尻を撫でられても嫌悪感しかない。純也さんに触られるのとはまったく違う。

「お前の身体に俺以外の男が触れるのが我慢ならないんだ。俺のふゆに触るやつを、死んだ方がましだって目に遭わせてやりたい」

国家公務員であるエリート警察官がなんてことを言うのだ。

「警察の人が……ん……そんな風に、言っちゃ、だめじゃない？」

私は荒い呼吸を吐きだしながらなんとか言葉を紡《つむ》ぐ。

秘裂を擦られるたびに蜜が溢《あふ》れてきて、ショーツはすっかり濡れてしまっていた。純也さんの頬も赤らんでいて、興奮しているのがわかる。

「じゃあ……警察辞めてからにするよ」

純也さんは臆面《おくめん》もなくそう言った。

「そうしたら、私が養ってあげる」

私が笑みを深めてそう言うと、純也さんが自分のパジャマをずり下げる。

「本当は、ふゆを家に閉じ込めて誰にも見せたくない。ずっと二人だけで閉じこもっていたいな」

「えぇぇ～ずっと二人きりで過ごしてたら飽きない？」

思わずクスクスと声に出して笑うと、純也さんがぐっしょりと濡れてしまったショーツをパジャマごと引き下ろした。

「飽きる？　こうして毎日抱きあえるのに？」

愛おしげに抱きしめられて、その先の行為を拒《こば》めるはずもなかった。

第三章　夫は妻を甘やかしたい

引っ越しの荷物はほとんど片付け終わり、新生活もようやく落ち着いてきた。

俺が朝、出かける準備をしていると、スマートフォンがメッセージの受信音を響かせる。早番で、俺より二時間早く家を出たふゆからの定時連絡だ。

メッセージは「ちゃんと起きた？」と一言。俺が返事を送ると、行ってらっしゃいというスタンプが表示された。

次は昼頃にまた連絡があるだろう。

離れている五年間。ふゆとはこうして日に何度かメッセージのやりとりをしていた。

仕事に行く前と帰ってきた後と、起きてすぐと寝る前に連絡をする。これだけは、お互いの習慣にしようと決めた。

よほどの事情がない限り、この習慣は五年間ほぼ毎日守られた。

今日はなにを食べたか、誰といたか、どんな話をしたか――メッセージで何度も聞いているうちに、ふゆは自分から一日のことを報告してくれるようになった。

ふゆにとって、これはもう日記帳のような感覚なのだろう。

ふゆが俺を好きなのは、わかりきっていた。俺を男として意識するように行動していたのだから、当然といえば当然だ。

同時に、彼女がずっと勘違いをしているのも知っていた。

自分は俺に妹としてしか思われていないと、頑《かたく》なに思い込んでいて、俺がなにを言っても信じなかった。好きだと言っても、「はいはい」と返される。副音声で「どうせ妹としてでしょう」と聞こえてくるようだった。

(妹と思ってる相手に、キスなんかするわけないのに)

いつだって寛容な大人のフリをして、兄としての顔を崩さなかったのは、ふゆに疎《うと》まれるのが怖かったからだ。どこまでふゆは許してくれるのか、どこを超えたら嫌がるのか。

(実際は、なにしてもまったく嫌がらなかったけどな……恥ずかしがって逃げるだけで)

キスをしても、抱きしめても。俺の方が我慢できなくて、何度襲ってしまおうと思ったことか。

ようやく互いの気持ちを確認した後、ふゆの目がほかの男にいかないように、離れる前に籍を入れた。だが、そうまでしても安心なんて到底できなかった。

メッセージは彼女の本当の感情までは伝えてくれない。

この五年間、心配なことはないか、我慢はしていないか尋ね続けた。だが、たとえなにかあっても、ふゆは俺に心配をかけるからと、決して言わない。

仕事を辞めて一緒に来てくれないかと、何度も口に出しかけた。

本当は、自分の目が届かない場所でふゆが働いているのが嫌だし、俺以外の誰かを大切に思っているのも嫌だ。

彼女の目に映るのは俺だけでいいと本気で思っている。

俺はメッセージをスクロールしながら、口元を緩める。

「純也さんは、心配性なんだから……ね」

ふゆは俺を、過保護で心配性だと言うが、それは違う。

俺はふゆのなにもかもを知らなきゃ気が済まないだけだ。心配なのももちろんあるが、ふゆへの執心がそうさせているのだと、自分が一番よくわかっている。

ようやく一緒に暮らし始めたが、それでもまだふゆを手に入れた気がしない。

「部屋から出さなければいいのか？」

無意識に呟いた本音がシンとした部屋に響く。もしこの場にふゆがいたら「部屋から出ないなんてできるはずないでしょ！」と笑うだろう。冗談だと思って。

俺はふゆからのメッセージをもう一度眺めて、スマートフォンをスーツのポケットにしまった。


同僚の女性が運転する車の助手席に乗って、俺は窓から外を見ていた。

「課長代理は、ワインを飲まれます？」

耳障りな女の声が聞こえる。

仕事にはまったく関係のない会話だ。答えなくても構わないだろう。

「もう少し行ったところに、美味《おい》しいレストランがあるんです。そのレストラン、ワインの種類も豊富ですから、仕事が終わった夜に行くのも……」

勤務中ずっと話しかけられるのが、面倒で堪《たま》らない。警察官はほかにもいるだろうに、なぜ以前同じ勤務地で働いていた顔見知りだからという理由で、ペアを組まされなければならないのか。

「課長代理？」

俺が答えるまで、ずっと話しかけてくるのだろう。

俺は不機嫌さを隠さずに、渋々口を開いた。

「行かない」

「では、もうすぐお昼ですし、どこかで食事をしませんか？」

「どこでもいいから停めてくれ。三十分したら車に戻ってくる。それでいいだろう？」

「わかりました」

女性刑事は長い髪をかき上げながら、妖艶《ようえん》な笑みを向けてくる。不快を通り越して気持ちが悪い。

昔からこの手の女には辟易《へきえき》とさせられてきたが、それが毎日となるとストレスが溜まる。

早くふゆの顔が見たい。可愛い声で俺の名前を呼んでほしい。

その時、胸ポケットのスマートフォンが振動する。愛しい相手からの連絡だとすぐにわかった。

ふゆもちょうど休憩中だったのか、メッセージには昼食の写真が添付されていた。

隣でペラペラ喋《しゃべ》られるより、ふゆの声が聞きたい。『電話が大丈夫ならかけて』と、メッセージを送るとすぐに着信がくる。

「ふゆ？　休憩中か？」

『うん。純也さんは、電話して平気なの？』

「あぁ、今は平気。お前の声が聞きたかったから、ちょうどよかった」

『……っ、声って、毎日聞いてるでしょ」

顔を真っ赤にしているふゆが簡単に想像できた。俺が笑い声を立てると『またからかって！』と可愛く怒った。

「からかってない。毎日聞いてても足りないんだよ」

すると電話越しに、知らない男の声が聞こえてくる。『旦那さん？』『はい』というやりとりが耳に届いて、スマートフォンを握る手に力が入った。

「今、誰かと一緒？」

『あ、ごめん。食堂で電話してたから、もう移動したよ』

「なぁ、休憩中も指輪しとけよ」

『つけたり外したりしてると、なくしちゃいそうなの。もちろん行き帰りはつけてるよ』

「なくしたら、また買ってやるから」

『心配性過ぎない？　私をそんな目で見るのなんて、純也さんくらいだよ。この間も、中学生にあの人ちっちゃって言われたんだから。内科部長なんて、私のこと孫を見るような目で見てくるし……』

「いいから、休憩中もしておけ」

苛立っている自覚はあったが、それをふゆに悟らせたりはしない。

けれど、さすがに小さい頃から一緒にいただけあって、ふゆは声だけで正確に俺の機嫌を読み取ったらしい。

『……もうっ、わかったよ。休憩中もする。純也さんは、ご飯食べたの？』

「いや、まだ」

『純也さんもちゃんとご飯食べてね。じゃあ、休憩終わるから電話切るよ？』

「電話切る前にキスして」

『か、帰ったら！　じゃあね』

可愛いな。その呟きは声になって漏れていたのか、隣の女が驚いたようにこちらを見た。

車がパーキングに停められ、「じゃあ三十分後」と声をかけて俺は車から降りる。

俺がファストフード店の看板に向かって歩いていると、パーキングで別れた同僚が後ろからついてきた。

「課長代理、待ってください。私も行きます」

舌打ちしたいのを堪《こら》えて、こってりした肉料理がメインの定食屋に入った。店内には女性客はいない。だが期待とは裏腹に当然のような顔をして入ってきた女は図々しく隣に座ってきた。

「時間もないですし、ご一緒してもいいですよね？」

「話しかけないなら」

俺の言葉を聞いていなかったのか、聞こえないフリをしたのか、女は楽しげに口を開く。

「さっきの電話、奥さんですか？　結婚五年目でしたっけ」

同僚で特別親しくしている相手はいないが、職場に結婚報告はした。この女が知っていてもおかしくはない。

「プライベートだ」

「課長代理がこちらに異動になって、ようやく一緒に暮らせたんですもの。嬉しいのはわかりますけど、奥さん、仕事中に電話をかけてくるなんて……どうなんでしょうね」

なぜかこの女は、しょっちゅうふゆを悪く言ってくる。

夫である俺がそれを聞いて不快に思うとは考えないのだろうか。

「それ、お前になにか関係があるか？」

舌打ちと共に吐き捨てるように言うと、女が黙った。

これから午後の仕事だというふゆからのメッセージを見て、俺はようやく人心地つけた。

＊＊＊

純也さんと一緒に暮らし始めて一ヶ月と少し。

今日は土曜日で、急な呼びだしがない限り彼は一日休みだ。

休みは被らなかったものの、私は遅番で家を出るのは夕方でいい。二人で朝からゆっくりできるのは引っ越してから初めてかもしれない。

朝食を終えて、私はソファーに横になりテレビを観ながらごろごろしていた。純也さんはその隣に座り、優雅にコーヒーを飲んでいる。このなんでもない時間が、私は好きだ。

「そうだ。ゴールデンウィーク、一日は休み取れるって言ってたよな。俺は仕事で遅くなりそうだし、お義父《とう》さんもお義母《かあ》さんも夜には帰ってきてるだろ？　実家に行ってきたらどうだ？　なんならそのまま泊まってきてもいいし」

マグカップをテーブルに置いた純也さんが思い出したように口を開く。

来週はゴールデンウィークだが、私と純也さんの休みは被らない。

仕事は辞めないと言ったものの、一緒に暮らしているのにすれ違いが続くと寂しくなる。これまで五年間も離れていたことを思えば、まったく大したことではないのに、彼の顔を毎日見ているうちに、どんどん欲深くなってしまっているみたいだ。

「うん、そうしようかな。でも、純也さんが帰ってくるなら、夜は家にいるよ」

「そうか？　じゃあ絶対帰ってくる」

「ねぇ、いつも無理して帰ってきてない？」

純也さんは、泊まりになることがあると言いながら、どんなに遅くなっても家に帰ってくる。ただ何時に帰ってきているのかはわからない。私が朝起きるといつも疲れた顔で眠っている。

「家に帰ればふゆがいるのに、なんで職場に泊まらないといけないんだ」

「へ？」

「帰って一人だったら泊まってくるさ。でも、違うだろ？」

「私だって……帰ってきてくれて嬉しいけど。寝不足の顔してるよ」

もしかしたら、夜、私を一人にさせないために帰ってきてくれているのかもしれない。嬉しいけれど、それで純也さんが身体を壊したら、私は自分を責める。

「なにもなければ書類仕事だけだし、きっかり定時に上がれるんだけど。最近は暇になる隙がない」

「なら、職場の仮眠室で寝た方が疲れは取れるでしょ」

「俺はもう、ふゆを抱きしめていないと眠れないんだよ」

それは睡眠と引き換えにできるものなのだろうか。いや、できないだろう。絶対。

私がさらに言い募《つの》ろうとした時、テーブルの上に置いたスマートフォンがブーブーと振動音を立てる。画面上に表示された名前に純也さんがわずかに眉を寄せた。

「あ、清貴だ……ごめん、ちょっと電話に出て……純也さん?」

スマートフォンを取った私の手の上に、純也さんの手のひらが重ねられる。強く手を引かれて抱きしめられたため、滑り落ちたスマートフォンがソファーの上に落ちた。

「どうした……っ、んん!」

噛みつくように口づけられ、その勢いのままソファーに二人で倒れ込んでしまう。

「じゅ、んやさっ」

「俺といる時は、あいつと喋《しゃべ》るなよ」

身体の上にのしかかられ、捲《めく》り上がったスカートの中に手のひらを差し入れられた。

低い声でそう言われて、凄《すご》みのある視線に射貫かれる。

「あいつって……清貴だよ？」

「お前の口から、ほかの男の名前を聞きたくない」

「純也さん……嫉妬してるみたい」

清貴はただの友人だと知っているはずだ。純也さんだって何度か顔を合わせたことがある。仲良くはなかったが男同士だとそんなものかと思っていた。

「言っただろ？　お前の身体に俺以外の男が触れるのは、我慢ならないって」

「清貴は私のお尻なんて触ってこないよ」

「触ってたら、今頃、海に沈めてるよ」

警察官が、人を海に沈めたらだめではないだろうか。警察官じゃなくてもだめだが。

純也さんに愛されているのはわかっていたつもりだが、まさか清貴に嫉妬するほどだとは思っていなかった。

「純也さんが思うほど、私モテないよ？」

すると、私の反応にため息をついて「やっぱりお前、全然わかってない」と純也さんは呆れ顔だ。

「前に言ったこと覚えてるか？　冗談なんかじゃないよ。俺は、お前のこと部屋に閉じ込めて、俺しか見えなくしてやりたいって、ずっと思ってる」

彼の中にある激情に初めて触れた私は、胸を衝かれて言葉を返せない。

「お前のことになると俺はおかしくなる。抑えが利かなくなるんだ。だから、もし嫌だと思ったら、殴ってでも止めてくれ」

頭から丸ごと呑み込まれてしまいそうな張り詰めた空気に、いつものように笑って「わかった。殴って止めるね」なんて冗談で返せなかった。

純也さんの視線が私の顔から胸元へ、そして下腹部に辿《たど》り着く。じっとりと肌が汗ばんできて腰からおかしな疼《うず》きが迫《せ》り上がってきた。視線だけで淫《みだ》らな行為をされているような錯覚に陥《おちい》り、唾を飲み込む音が生々しく響く。

「俺が仕事を辞めていいと言ったのもな、セクハラされてるからとか、すれ違いが嫌だとか、そういう理由ももちろんあるが……誰にも見せたくなかったんだ。ふゆの泣き顔も、笑った顔も、全部俺だけのものにしたい。俺以外の誰にも触らせたくないし、俺以外の誰にもその声を聞かせたくないんだよ」

知らない男の顔をする純也さんを初めて怖いと思った。それなのに、私は自分だけに向けられる情欲に、悦《よろこ》びを感じてしまっている。

きっと彼のこの顔を知っているのは私だけだ。

そのことが、ぞくぞくと肌を震わせるほどの喜悦《きえつ》となって、私の胸を満たしていく。

「ふゆ……俺が怖いか？」

かろうじて頭だけを動かし否定する。

知らない人みたいで少しだけ怖いと感じたけれど、優しいお兄ちゃんの顔をした彼も、私を可愛いと言う彼も、胸の奥に強い妬心を持つ彼も、全部が、本当の彼の一部なのだ。

「ごめんな、こんな男で。まぁ嫌がっても、逃がさないけど」

「いいよ。だって、私だけを見てくれるってことでしょ？」

「見てるよ。っていうか、お前しか見てない」

純也さんは目を細めて笑みを浮かべると、私の頬を撫でた。頬を撫でた指先で唇をなぞり、そのまま歯をこじ開けて口腔《こうこう》に入ってくる。

「はぁ……っ」

「ふゆ、ここに挿《い》れていいか？」

「は、ひふぉ」

口の中に指が入っているせいで「なにを？」という言葉は声にならず、口の端から唾液がたらりとこぼれる。

彼は私の上から身体を起こすと、ズボンのベルトを外して、肉棒を手で掴み軽く扱《しご》く。そしてソファーに乗り上げ、その屹立《きつりつ》を私の口元へ寄せてきた。口に押し当てられて、むせ返るほどの男の匂いに酔ってしまいそうだ。

「口を開けて」

「ん、んっ」

素直に先端を口に含むと、口腔《こうこう》に青臭い味が広がる。

私の口の中は彼のものを数センチ咥《くわ》えただけで、いっぱいになってしまう。必死に舌を動かすと純也さんの興奮に掠れた声が聞こえてきた。

「……っ、いいよ」

こうして口で触れるのは初めてではないけれど、私の口戯は彼を気持ち良くさせるには、まだ拙《つたな》い。

そう思っていると、純也さんが身体を反転させて私の太ももに口づけてきた。熱い舌でねっとりと足の付け根を舐《な》められて、ぴくんと足が震えて反応してしまう。

彼はショーツのクロッチに鼻先を押し当ててすんと息を吸い込んだ。

そんなところの匂いを嗅がれては、平気でなどいられない。

「や……っ！」

思わず足をばたつかせると、がっしりと足首が掴まれてショーツに顔を埋《うず》められた。

「全部知りたいんだよ。お前の匂いも、味も……全部」

狂おしいほどの恋情をぶつけられて、それを嬉しいと思う私もおかしいのかもしれない。羞恥《しゅうち》でどうにかなりそうなのに、抗《あらが》うことができない。

恐ろしいほどの執着心で愛されるのは、離れて不安だった時よりもずっと安心できた。

すりすりと鼻先をクロッチに擦りつけられて、疼《うず》くような感覚が中心から生まれてくる。彼の熱い息がかかるだけで隘路《あいろ》が蜜を吐きだし濡れてきた。

「はぁ……っ、ふゆ……舐《な》めて」

滾《たぎ》り始めた陰茎の先端で、つんと口元を突き、純也さんが遠慮がちに腰を落としてくる。それを口に受け入れつつ、私は苦しげな声を漏らした。

「んんんっ……む、うっ」

どんどん大きくなっていく陰茎を、唾液を絡めながら必死にしゃぶる。苦しくて頭がぼうっとしてくるが、私は夢中で口を窄《すぼ》めて、彼のものを愛撫《あいぶ》した。

時折びくびくと口の中で屹立《きつりつ》が震える。純也さんが気持ち良くなってくれているのが嬉しくて、張り詰めた怒張を両手で掴んで擦ると、粘ついた先走りが口腔《こうこう》内に溢《あふ》れた。

「……っ、ふゆ、俺の上に乗って」

身体の位置を入れ替え、彼の顔を跨《また》ぐような体勢を取らされる。煌々《こうこう》と明かりのついたリビングのソファーで、恥ずかしいところを彼の眼前に晒《さら》している状況に、冷静ではいられない。

「ひゃっ……やだよっ、こんな格好」

思わず足を閉じようとすると両手でがっしり腰を掴まれ、さらに純也さんの顔の方へと引き寄せられた。

「俺にならなにをされてもいいって言っただろ？」

心底楽しそうに微笑まれて二の句が継げなくなる。

そして汗ばんだ手で太ももを撫でられて、尖った鼻先でぐりぐりと陰唇を擦られる。

指で弄《いじ》られてもいないのに、蜜がとろりと流れ落ちる感覚がした。

「んっ、はぁ……っ」

「期待してたのか？　もう濡れてるな。匂いが濃くなってる」

じわりと蜜を垂らす秘裂の上を鼻先でなぞりつつ、太ももの柔らかい肉を強く揉まれる。

布越しに何度も秘裂を擦られ、粘ついた愛液が溢《あふ》れた。私が腰をくねらすたびに、くちくちと淫《みだ》らな音を奏でる。

「ふゆ……我慢できない。舐《な》めて」

くんくんと鼻を鳴らしてそこの匂いを嗅いでいた彼が、熱っぽく息を吐きだしながら言った。

私は彼のものを精一杯奥まで咥《くわ》え込み、じゅっと亀頭を強く啜《すす》る。途端に、口の中に感じる苦みが強くなった。

「はぁ、はっ、ん、ふっ……う」

「あぁ……もっと、強く吸って」

興奮した声を出して、純也さんは私の足の間に顔を埋《うず》めてきた。ショーツのクロッチを横にずらし、陰唇にしゃぶりついてくる。

「んん～っ!!」

私の行為が大胆になるにつれ、純也さんの指と舌の動きも激しさを増す。

最初は焦《じ》らすように秘裂をなぞるばかりだった舌が、溢《あふ》れる愛液を啜《すす》り、粘ついた唾液ごと舌先を蜜口へ潜《もぐ》らせてくる。

「舐《な》めても舐《な》めても垂れてくるな。口の周りがべとべとだ」

じゅっと溢《あふ》れる愛液を啜《すす》る音と、彼が喉を鳴らす音が下肢から聞こえてくる。

「ふぅ……っ、んぁ、はぁっ、ん」

気持ち良くて堪《たま》らない。それなのに物足りなさを感じてしまう。

尖らせた舌でちゅぽちゅぽと浅瀬を突かれると、もっと深い部分を弄《いじ》ってほしくなる。丸くて硬いこの先端で激しく奥を突いてほしい。

気づくと私は、唾液に濡れた太い竿を、愛おしむように舐《な》めしゃぶっていた。

毎日のように彼に抱かれて、身体が作り変えられてしまったみたいだ。

以前は一ヶ月以上しない時もざらだったのに、今は一日でも空《あ》くと下腹部が切なく疼《うず》く。二人でいると、彼はいつだって我慢できないとばかりに私に触れてくるから。

「はぁ、はっ……む、ぅ」

口の中で脈打つ欲望は、すでにはち切れんばかりに膨らんでいる。亀頭を舌先で舐《な》め回し、唾液で滑りのよくなった陰茎を手のひらで扱《しご》き上げた。

「小さい口いっぱいに、俺のを頬張ってるところ見るだけで……すぐ、出そうだ」

「んっ、ぐ……ぅ」

ぐっと腰を上下に押し上げられ、喉奥まで突き入れられる。

苦しくて目に涙が浮かんだけれど、行為を止めたくなかった。えずきそうになるのを堪《こら》えて、必死に深いところまで彼のものを呑み込んだ。

それと同時に、私の媚肉をかき分け、彼の長い指が二本侵入してくる。ずちゅ、ずちゅと蜜をかきだしながら指で深い部分を擦り上げ、唾液を含ませた舌で敏感な花芽を転がす。

どこもかしこも気持ち良くて堪《たま》らなくなった。

「んんん〜っ!!」

限界はすぐにやってきて、あっという間に絶頂へ達してしまう。目の前が真っ白になり、膝ががくがくと震えた。全身から力が抜けて、彼のものを咥《くわ》えていられなくなる。

「は、う……っ！」

すると突然、ずんっと喉奥めがけて腰を突き上げられた。

「ふゆ……もう少しだから……っ」

もう顎《あご》が痛くてだめだ、そう思った時、口腔《こうこう》内で怒張が大きく脈動し、どろりと粘着性のある精液が注《そそ》がれた。

「あ……うぅ……っ」

あまりの苦しさに白濁をそのままごくりと飲み込んでしまう。

ずるりと欲望が引きずり出され、息を乱した純也さんが身体を起こした。そのまま、興奮した目で私を見つめてくる。

「もう足りたか？　これはいらない？」

純也さんは萎《な》えた陰茎をふたたび自らの手で扱《しご》きながら、私の上にのしかかってくる。わたしは、彼の屹立《きつりつ》から目が離せなかった。おそらく、物欲しげな顔をしているのだろう。

「自分で足を開いて、見せて」

催眠術にでもかかったみたいに、私はソファーにもたれかかり自ら足を開いた。膣口は先ほどまでの行為で愛液と唾液にまみれている。

「はぁ……っ、早く」

「まだ挿《い》れてもいないのに、そんな可愛い声を出して。ほら、こうするだけで吸いついてくる」

滾《たぎ》った先端が蜜口に押し当てられ、硬い先端でくにゅくにゅと捏《こ》ねられる。

それだけで、空《から》っぽの隘路《あいろ》がひくつき、新たな蜜が溢《あふ》れてきた。

「はぁっ、ん、も……お願い、挿《い》れて」

焦《じ》らされ過ぎて頭がおかしくなりそうだ。

早く満たされたくて隘路《あいろ》がうねり、じんじんと痛むほどに収縮する。

劣情を孕《はら》んだ目を向けて、純也さんは硬く張った亀頭でぐちゅぐちゅと蜜口の浅い部分をかき回してくる。ずずっと浅瀬に先端が入ってくるたびに、私は期待で腰を震わせてしまう。

「あぁぁっ」

「可愛いな……ふゆ。可愛くて可愛くて、堪《たま》らない」

先ほどよりもずっと太く隆起した陰茎が私の中に呑み込まれていく様を、純也さんは興奮し赤らんだ目で見つめている。私がもどかしげに腰をくねらせると、両手で足を押さえつけ、さらに深く亀頭を押し込んできた。

「はぁ、はぁっ……お、く、して、奥、奥がいいっ」

「もっと俺を求めてくれ。俺がいないと生きていけないくらいに……っ」

「あぁぁぁっ！」

ずんっと勢いよく、最奥《さいおう》めがけて腰を突き入れてくる。私はあまりの心地よさに酔いしれ、頭を仰《の》け反《ぞ》らし悲鳴のような声を上げた。

「中……っ、ぎゅうぎゅう、締めつけてくる。そんなに欲しかったか？」

「欲しいの、もっと、もっと、来て……純也さ……っ」

なにをされても、私はこの人だけを求めている。

汗でぬるつく背中に腕を回して、身体を密着させる。純也さんは私の足を抱え上げて、ぐりぐりと捻《ねじ》り込むように腰を打ちつけてきた。

「あぁっ、そ、れ……っ、気持ちいい」

とろとろと蜜を流す媚肉を張りだした先端で擦り上げられ、本能のままによがり声を上げる。

重苦しい快感が次から次へとやってきて、陰茎が中に入り込んでくる感覚に、全身が激しく戦慄《わなな》いた。

「ふゆ……っ、可愛い……愛してる」

私を抱いている時、彼は何度も「愛してる」と口にする。何度言っても足りないとばかりに。

こうして言葉にして伝えてくれるから、私は安心していられるのだ。

抱きつく腕に力を入れると、より深い部分に先端が入り込んできた。

逞《たくま》しい陰茎が身体の中で脈動しているのがわかる。

蜜襞ごと引きずり出されて、また深く押し込まれた。ぐちゃぐちゃと溢《あふ》れる愛液ごと中をかき混ぜられて、全身が溶けてしまいそうだ。

もうだめだと私が背中を仰《の》け反《ぞ》らせると、ひときわ大きく膨れ上がった怒張で、収縮する媚肉をごりごりと刮《こそ》げるように擦り上げられる。

「ひぁっ……んぅ、んっ」

今度はキャミソールごとトップスを捲《めく》り上げられ、遠慮のない手つきで乳房を揺さぶられる。

ぐっと指先が薄い肉にめり込むほど強く掴まれて、痛いのか気持ちいいのかよくわからない。

私は、ただただ彼に与えられる快感の波に翻弄《ほんろう》された。

ブラジャーがずり下ろされ、こりこりと尖った乳嘴《にゅうし》を指先で弄《いじ》られると、中にいる彼のものを強く締めつけてしまう。

「……っ」

かすかに呻《うめ》き声を上げた純也さんが、子宮口まで突き上げんばかりに奥を穿《うが》ってくる。

「あぁあぁあっ、あぁっ……はっ、あぁ……もう、だめ」

抽送《ちゅうそう》のたびに泡立った愛液がこぷこぷとこぼれ落ち、互いの結合部はぐっしょりと濡れている。

ソファーは見るも無惨な状態だ。だが、そんなことを気にする余裕もなく、深い快感の渦に呑み込まれていく。

「ひっ、ん、も……だめっ、達《い》く……もっ、達《い》っちゃ」

「あぁ……俺もっ」

ぽたぽたと純也さんの汗が私の胸元に滴《したた》り落ちてくる。息遣いに余裕がなくなって、がむしゃらに腰を打ちつけられた。

目の前がチカチカして、追い詰められる心地よさに恍惚《こうこつ》と酔いしれる。ごりごりと柔襞を削り取るような動きで腰を捻《ねじ》り込みながら、唇を塞がれた。

「ん、んんん～っ、はっ、ふ、んっ！」

喘《あえ》ぎ声ごと唇の中に呑み込まれて、私の身体はびくんびくんと跳ね上がった。口腔《こうこう》内を縦横無尽《じゅうおうむじん》に舌が動き回る間も、がつがつと容赦なく抜き差しされる。

「ひ、あ……っ!!」

ひときわ大きく身体が跳ねて全身が強張《こわば》った。息が止まるほどの激しい絶頂に襲われ、下肢に力が入る。

隘路《あいろ》の中で膨らむ屹立《きつりつ》を搾《しぼ》り取らんばかりにぎゅうっと締めつけると、純也さんがぶるりと腰を震わせて大量の精を吐きだした。

びゅっびゅっと噴きだす温かい飛沫《ひまつ》が、胎内に広がっていく。

「はっ、はぁっ……はぁ……っ」

耳の中で、激しく鳴り響く心臓の音が聞こえる。

行為の余韻が色濃く残る身体はいまだに火照《ほて》りが収まらず、力をなくした陰茎が抜ける際に甘やかな声が出てしまう。

「あっ……ん」

ちゅぽっと淫《みだ》らな音と共に、彼を受け入れていた膣口からは多量の蜜がこぼれでた。

熱っぽい息を吐きだした純也さんが、私の足を持ち上げふくらはぎに口づけてくる。

「ふゆが休みだったら、我慢しないのに」

すっかり四肢から力が抜けて、今は指の一本も動かせない。いくら遅番とはいえ、これから私は仕事。起きられるだろうかと考えながらも、重いまぶたが落ちていく。

「ちゃんと起こしてやるから……おやすみ、ふゆ」

額《ひたい》に口づけられたのを最後に、私の意識は途切れた。


テレビのニュースでは、五月の大型連休の交通情報が連日報道されている。

看護師という仕事に就いていると、ゴールデンウィークも盆休みも年末年始も関係ない。ただ、シフトの関係で、私は一日だけ休みを取ることができた。

結局、清貴からの電話は、ゴールデンウィークに休みがあるなら、真紀と三人で食事にでも行こうという誘いだった。

恐る恐る行ってもいいかと聞いた私に、純也さんは渋々という雰囲気を隠そうともしなかった。

『あいつには、いつも協力してもらってるからな。たまにふゆと会うくらい我慢するさ』

『協力？』

純也さんは私の問いには答えず、くしゃくしゃと頭を撫で回してきた。

休みのたびに少しずつ荷物を運んでいたおかげで引っ越しも終わっているし、友人たちと会えることに心が弾む。三人で食事に行った後、実家に顔を出すことにした。

「ごめん、ちょっと本見てきていい？　先にカフェに入って席を取っておいてくれる？」

「うん、わかった」

欲しい本があるという真紀と本屋の入り口で分かれ、清貴と隣のカフェに移動した。

昼前ということもあり、席はまだ空《あ》いていた。真紀を待つ間、利用客用に置かれた雑誌をテーブルに持ってきて暇を潰すことにする。

「清貴はなに読んでるの？」

ずいぶんと熱心に読み込んでいるなと気になり、向かい側に座る清貴の雑誌を覗《のぞ》き見る。

「不倫する女と男の特徴って記事」

清貴が一冊の雑誌を開いて私に向けてくる。男性ファッション誌の企画コーナーなのか、太字で不倫する女の特徴、男の特徴、と表紙に書いてあった。

浮気する男の特徴一位、泊まりでの出張が多く性欲が強いタイプと書いてあり、私は唖然としてしまう。大事な相手がいるのに我慢できない性欲とはいったいなんだ。

純也さんは泊まりが多いし、驚くほど精力過多だが、浮気なんて絶対にしない。というか浮気をするような人は、友人である清貴にまで嫉妬しないと思う。

とはいえ、そう思えるようになったのは一緒に暮らし始めてからなのだが。

「あとは、経済的に余裕がある、マメ、話し上手、だって。たしかに当たってるかもな」

しみじみと呟く清貴には、なにか思い当たる節があるようだ。

「清貴、浮気してるの？」

当たっているなどと言うから聞いただけなのに、清貴は怒ったように「俺は一途だっ！」と言ってくる。

一途——清貴に好きな人がいたとは知らなかった。

「そうじゃなくて。うちの会社の男性上司が同じ部署の子と不倫してるんだよ。上司は遊びなんだろうけど、女の不倫は本気って言うだろ？　その子、隠す気がないから周囲にもバレバレなんだ。この間なんて、休日に家に電話したって自慢げに言ってたのを聞いちゃってさ……奥さんの目の前で、不倫相手と仕事のフリして電話するんだぞ。どっちも最低だろ」

「そうだね……奥さんが可哀想」

「自分勝手だよな。本気で好きなら、気持ちを押し殺してべつの関係でそばにいることだってできるのに」

清貴は努めて平静を装《よそお》いながらも、怒り心頭《しんとう》に発《はっ》しているようだ。苛立ちを隠しきれない様子で雑誌をパタンと閉じる。

「べつの関係？」

「同僚なら、いずれ仕事のパートナーにだってなれるかもしれない。気持ちさえ知られなければ、いい友人になれたかもしれないだろ」

「不倫は私もどうかと思うけど……もしかして、その女の人のことが好きなの？　清貴がそこまで言うの、珍しいよね」

いつもは淡々としている清貴が、他人の不倫にここまで熱くなるなんて。その女性を心配してのことか、よほどその上司に思うところがあるのかと思ったのだが。

「いや、べつに……そういうわけじゃ」

私の言葉に、清貴はばつの悪そうな顔をして言い淀《よど》んだ。

もしも好きになった人が結婚していたら——そう考えても、私に不倫をする人の気持ちはわからない。

私はほかの誰とも付きあった経験がなく初恋の人と結婚をした。

それは、とても幸運なことなのかもしれない。

(私をずっと好きだったって言ってくれるけど、純也さんは少しも揺れたりしなかったのかな……)

家の前で待っていた女の子に手紙を渡されているのを見たことだってあるし、バレンタインデーやクリスマスなんてすごかった。可愛い人、綺麗な人がたくさんいた。

(それに……離れていた五年の間のことは、ほとんど知らないんだよね)

純也さんは自分のことを多く語るタイプではなく、私の話を聞きたがった。医師や同僚看護師の話。会えない間にあった出来事を話すだけで一日は過ぎる。

(そういえばあの女の人も、警視庁勤務の人なのかな……)

純也さんと一緒に車に乗っていた女性の顔が、頭に浮かんだ。

私を見る彼女の目を、ふとしたことで思い出してしまう時がある。たしかに睨《にら》まれたと思う。

彼女とは、会ったことはないし名前も知らない。恨まれる覚えなんてなかった。

だけど、もしかしたらあの人は、私が純也さんの妻だと知り嫉妬したのではないか——自分でもとんだ妄想だと思うが、そんな考えが頭を過《よぎ》る。

「ふゆ？　どうかしたか？」

じっと考え込む私に、清貴が心配そうに声をかけてくる。

「え、あ……ごめん。なんだっけ？」

その時、書店のビニール袋を手に提《さ》げた真紀が来て、私の隣に座った。私の荷物は清貴の隣の席に置いてもらう。

「ごめん、お待たせっ！」

「真紀、買い物終わったの？」

「うん。ありがとね。はぁ、お腹空《す》いた……で、なんの話？」

三人でメニューを広げ注文を済ませる。

清貴は、雑誌を開いて先ほどのページを見せる。

真紀は記事を読み、不快そうに眉根を寄せながら口を開いた。

「不倫する男も女も、脳みそが下半身に詰まってんのよ。考える前にやりたいってね。生物の本能としては、ある意味正しいのかもしれないけど、最低。あ〜、私もふゆと純也さんみたいな、相思相愛の夫婦になりた〜い！　羨《うらや》ましい！　ね、清貴もそう思うわよね？」

「まぁな」

相思相愛は否定しないが、友人に指摘されるのは恥ずかしい。

「……ついこの間一緒に暮らし始めたばかりだから、浮かれてそう見えるだけじゃない？」

私が言うと、二人は顔を見合わせた。そして「本気でそう思ってる？」と言いたげに、こちらを見てくる。

「普通はさ、付きあったばかりの高校生の女の子にプロポーズなんかしないでしょ。幼馴染《おさななじ》みとはいえさ。そのあと遠恋五年よっ⁉ 下半身に脳みそがある男なら、とっくに浮気してるわ！」

「真紀、お前興奮し過ぎ……って、あれ？ 俺じゃないな、ふゆのスマホ鳴ってないか？」

ブーブーという振動音に気がついたのか、清貴が私のバッグを手渡してきた。たしかに着信を知らせているのは私のスマートフォンだった。

「非通知……」

以前のいたずら電話を思い出し取るのを躊躇《ためら》っていると、清貴が私の手からスマートフォンを奪い取りスピーカーを指差した。そして自分のスマートフォンの録音メモを作動させる。

「ふゆ、もしもしだけ言って。知りあいだったら普通に話せばいいから」

清貴はそう言うが、私には非通知で電話をかけてくるような知りあいはいない。私は緊張しながら、清貴に言われた通りスピーカーをタップして電話に出た。

「……はい、もしもし」

『あなたの夫、浮気してますよ』

清貴と真紀の目が鋭くなる。私が以前に受けたいたずら電話だと確信したのだろう。

高めの声色だ。話し方からすると二十代後半から三十代の印象を受ける。

「あのっ、どちらさまですか？」

『早く別れた方がいいんじゃないかしら？』

こちらの質問には一切答えずに、電話は切られてしまった。なんでこんなことを言われるのか、相手の目的がわからず気持ち悪い。

清貴は録音終了ボタンを押すなり、なにやらスマートフォンを操作している。

「清貴？　なにしてるの？」

「なにって、お前の旦那に送ってる」

「はぁっ？　え、なんで？　っていうか、清貴って純也さんとやりとりしてたのっ？　何回かしか会ったことないよね？」

純也さんのアドレスを知っていることすら聞かされていなかった。私はただただびっくりする。いつの間に連絡先を交換したのだろう。

「これはもう、ふゆの手には余るだろ？　女の声、編集されてたら調べるのは難しいかもしれないけど、言っておいた方がいい」

清貴は私の質問には答えずにスマートフォンを操作している。代わりに質問に答えてくれたのは真紀だ。

「私たち、純也さんにふゆの友達認定されてるからね。念のため、連絡先の交換をしてたの。ふゆになにか困ったことがあったら、すぐに教えてほしいって。ふゆは甘えたがりなのに、働き始めてからは我慢ばかりさせてるから、って言ってたよ」

「もしかして……セクハラのことも言った？」

なぜ純也さんが知っていたのか不思議だった。お母さんから聞いたのかと思っていたが、わざわざ娘の夫に報告するようなタイプではないから違和感を覚えていたのだ。

「そうそう。清貴がメールしてた」

「っていうか二人とも。この電話の話が本当だとは思わないんだね」

私が純也さんの浮気を疑っているはずはない。だが、二人もこれを、当然のことのようにいたずらだと認識していることに驚いた。

「思うわけないだろ。俺なんて友達なのに、いまだに牽制《けんせい》されてるんだからな。ふゆに触るな、必要以上に近づくなって何回言われたと思ってるんだよ……」

(え……それ、本人にも言ってるの……っ⁉)

うんざりした口調の清貴に、嫉妬深い夫がごめんなさいとしか言えない。

どうやら私は、純也さんにも友人たちにも、知らぬ間に守られていたらしかった。

「愛されてるよ。ふゆはなによりも大事にされてる。大丈夫、純也さんは浮気なんて絶対にしてないから」

真紀は私の肩を叩いてそう言った。私も「わかってる」と頷く。

ただ、どうしてあんないたずら電話がかかってくるのか。わからないのはそこだ。私を邪魔に思う誰かがいる、そう考えると恐怖で身が竦《すく》む。

寒くもないのに全身が震え、私は鳥肌の立った腕を両手で摩《さす》る。

「大丈夫か？」

清貴が心配そうに言ってくる。

姿の見えない誰かに憎まれ、疎《うと》まれるのは、かなり怖いと思った。

真紀たちと別れ、実家に寄った。

私の休みにシフトを合わせてくれたため、お母さんだけが家にいた。純也さんがまだ帰っていないなら食事をして帰りなさいと言われたが、それを断って帰路につく。

頭の中はあの電話のことでいっぱいだった。一度だけならまだしも二度目ともなると、ただのいたずら電話とは思えない。

暗い道を一人で歩いて帰るのが怖くて、早々に実家を出てマンションに帰ってきてしまった。

純也さんは遅くなっても帰ってくると言っていたから、なにか簡単なものでも作っておこうかとキッチンに立つ。なにかしていないと部屋に一人でいるのも怖かった。

おそらく純也さんは早くは帰ってこられないだろうし、作り置きできるものにしよう。

(鶏肉があるから……照り焼きにして、あとはトマトとパプリカのマリネでいいかな)

材料の野菜をまな板で切って、鶏肉はキッチンバサミでカットする。料理はそこそこ得意だ。お母さんが仕事で忙しい時は自分で食事の用意をしていたし、花嫁修業をする時間はたくさんあったから。

料理をしながらも、つい電話をかけてきた相手のことを考えてしまう。

あんな電話一本でショックを受けている自分がいる。一人で部屋にいると、また電話がかかってくるのではないかと怖かった。

「いた……っ！」

ハサミの刃が鶏肉を持っていた指先を掠めた。深くはないけれど、痺《しび》れるような痛みが走る。ハサミを置いて水で手を洗うと切ったところがじんと熱くなる。

「はぁ……もう」

応急処置で絆創膏《ばんそうこう》を貼って、料理を再開した。

調味料をフライパンに流し入れ鶏肉を照り焼きにする。マリネは純也さんが帰ってくる頃には味がしみているだろう。

作り終えた料理にラップをして冷蔵庫に入れておく。

絆創膏《ばんそうこう》を巻いた指がやたらと痛んだ。広い家に一人でいると、実家にいる時より寂しさが倍増する。

こんな日は早く帰ってきてほしい。そう思ったところで、仕事なのだから連絡できるはずもなかった。どんなに寂しくても、どうにもならない。

シンとする室内が嫌でテレビをつけた。その時、オートロックではなく玄関側のチャイムが鳴り、驚きのあまり声が漏れそうになる。インターフォンを確認すると、鍵を開ける純也さんの姿があり、私は胸を撫で下ろした。

「おかえりなさい！　早かった……」

私が言い終わる前に肩を引き寄せられ、痛いほどに抱きしめられる。

「二回目だって？　あの電話。怖かっただろ、ごめんな。不安にさせて」

純也さんの胸の中に顔を埋《うず》めて左右に首を振る。一度目の電話を忘れていられたのは、浮気をしているかもしれない、なんて考えられないくらい、純也さんが私を愛してくれていたからだ。

「知らない人からそういう電話があったのは怖いけど……不安にはなってない。純也さんのことも疑ってないよ」

「そもそも疑われてるなんて思ってない。俺がどれだけお前を愛してるか、わかってるだろ？」

心外だと言わんばかりに強く抱きしめられた。

純也さんの匂いを嗅いでいると落ち着く。大丈夫だとそう思える。

「少し時間はかかるけど、専門家に調べてもらう。ただ、身元の特定までは難しいかもしれない。自宅の電話やスマートフォンなんて使ってないだろうし。でも、あいつから連絡をもらって助かったよ。ふゆは、言わなさそうだからな」

「そうだ！　清貴と真紀、二人と連絡取りあってるって知らなかったよ！　なんで……っ、ん、む」

急に身体を抱きかかえられて唇が塞がれる。話の途中なのにと純也さんを睨《にら》むが、反対に射貫くような強さで見つめられ目を丸くする。

「俺の前で、あいつの名前を出すなって言っただろ。だいたい、なんであいつは呼び捨てなのに、俺がさん付けなんだ？」

「それは……清貴は、同級生で……って、ごめ……ごめんってば！」

彼に抱き上げられている状態で首筋に噛みつかれた。痛くはないのだが、くすぐったさと高い場所で身体が揺れる怖さとで、必死にしがみついてしまう。

「言って。純也って、ほら」

彼は私を抱えて歩きながら、啄《ついば》むように何度も唇を触れあわせてくる。

「純也……さん」

「おい」

本気で拗《す》ねる純也さんが可愛くて、私はくすくすと声を立てて笑った。

彼の嫉妬がこんなにも嬉しい。私を安心させてくれる。

「純也……好き、大好き、愛してる」

きゅっと首に腕を回すと、そのまま寝室のドアが開けられた。

お腹は空《す》いているけれど、この分では食べるのは相当後になりそうだ。

私は幸せなため息をこぼしながら、純也さんの背中に縋《すが》りついた。

第四章　忍びよる不穏な気配

ニュースで関東の梅雨《つゆ》入りが宣言された。

今日も寝室の窓の外から、しとしとと降る雨の音が聞こえてくる。

あれからいたずら電話はかかってきていない。純也さんが、非通知と登録外からの電話、メールの受信を拒否に設定してくれたが、電話があれば履歴に残る。それもなかった。気味の悪さはあるものの、やはりただのいたずら電話だったのかと思い始めている。

「ん……」

スマートフォンにセットしたアラームが鳴る前に目が覚めて、すぐ横にある温もりに顔が緩む。

昨夜、日を跨《また》いでから帰ってきた純也さんは、まだ隣で寝息を立てている。彼を起こさないようにそっと身動《みじろ》いだ。

ここ二ヶ月ほど、純也さんは土日も仕事に行っていて、朝の少しの時間しか顔を合わせられない日が続いていた。私が夜勤でタイミングが合わない時など、丸一日は会えないこともある。

仕事に関しては、守秘義務があるため話せないと言われているので聞くつもりはないし、仕事だという彼を疑ってはいない。ただ、危険を伴う仕事のため、なにかと心配だ。

(捜査二課って、詐欺とかそういうのを調べるって言ってたよね)

殺人事件などを調べる捜査一課より、危ない目に遭うことは少ないと思っているが、それでも犯罪者を相手にするのだから危険がないわけではない。

なにも知らない、知らされないことに、不安がないといえば嘘になる。

怪我をしないで、無理をしないでと、毎朝祈るような気持ちだ。

隣で眠る彼を見ると、目の下にはっきりと隈《くま》が浮きでていた。

(やっぱり、無理して帰ってきてくれてるよね……)

きっと、署に泊まった方が家に帰るより長く眠れるはずなのだ。けれど、私が夜勤でない限り、純也さんが署に泊まることはなかった。どれだけ遅くなっても、朝になると彼が隣にいる。

すれ違いが続いていても、話せなくても、会えない日々よりずっとよかった。

一緒に暮らせなかった五年間は、純也さんの生活がまったくわからなかったから。

どこに行ってなにをしているのか。仕事に関わることはおいそれと聞くことができなかったし、ただメッセージで無事を知る毎日だった。むしろ、怖いことは想像しないようにしていた。

病院にも、時々犯罪に巻き込まれた人が運び込まれてくる。

病棟の看護師である私は噂程度に聞くだけだが、入院する患者に警察関係者が聞き取り調査に来ることもあるそうだ。

(今日も……純也さんに怪我がありませんように……)

私は寝ている純也さんを起こさないように、頰にそっと口づける。口づけてもぴくりとも反応せず死んだように眠る純也さんは、一人でちゃんと起きられるだろうか。

ベッドを揺らさないように身体を起こしてキッチンへ行く。朝食用に卵を焼いて簡単なサラダを作るため、冷蔵庫を開けた。その時。

「おはよう」

「ひゃぁっ」

背後からぬっと腕が伸びてきて抱きしめられる。

「純也さんっ、ごめん……バタバタして起こしちゃった?」

「ふゆが可愛いことしてくるから、興奮して起きた」

「……っ、もう」

腰に回った手が、腹部を撫でてくる。朝からおかしな気分になってしまいそうで、引き剝《は》がそうとするがなかなか離れていかなかった。

鍛《きた》えている彼の腕から逃れるのは難しい。

「だめだってば」

言いながらも彼に抱きしめられたら、簡単にその気になってしまう。誘惑に釣られそうになる。

ここ数日、会えなくて寂しかったから。

「時間ないか？」

誘うように耳元で囁《ささや》かれるだけで、身体が淫《みだ》らな熱を帯びてくる。

「朝ご飯作ろうと思ったのに……っ」

「したい」

胸に腕を巻きつけて、彼は熱い息を耳に吹きかけてくる。同じ気持ちでいる私に抗《あらが》えるはずがなかった。背後からパジャマのボタンが外されてズボンを引き下げられる。

私はキッチンのカウンターに腕を突いて、彼のすることに身を委《ゆだ》ねてしまう。

「ま、待って……ここじゃ」

足を撫でてくる純也さんに意味のない抵抗を試《こころ》みるが、私もその気になっていると彼にはバレバレだろう。最近触れあえる機会もなかったから、下肢に触れられるだけで、身体がおかしなほど反応を示している。

純也さんの低い声が耳に心地よく響き、肌がぞくりと粟立《あわだ》った。教え込まれた快楽を、今か今かと待ちわびている。

「なぁ、ふゆ……」

「ん……っ？」

話し声すらも鼻にかかったような甘い吐息に変わる。

純也さんは太ももを撫でながらも、敏感な部分には触れてこない。焦《じ》らすように外側や内側を撫でてくる。

「ふゆも、したいだろ？」

答えがわかっていて聞くのはズルい。

触れられたところから心地よさが湧き上がってきて、中心がじわりと濡れ始める。

「したい……っ、けど……ここじゃ……っ！」

立っていられない、という言葉は声にならなかった。

「あぁぁっ」

ショーツの中に手が入ってきて、純也さんの太い指先で秘裂をなぞられる。あっという間に全身が熱を帯び昂《たかぶ》っていくのがわかった。

何度か擦られただけで、すぐに指先の滑りがよくなり、背後で彼が笑ったのが聞こえた。

「こんなに濡らして、待っててくれたんだな。でも……ゆっくりセックスする時間はないか……残念」

また俺のをかけたかったのに、そんな声が背後から聞こえてきて、ぶるりと腰が震えた。

くちゅくちゅと淫靡《いんび》な音を立てて指先が行き来する。カウンターに手を突いて必死に身体を支えていると、キャミソールを捲《めく》り上げられて指先で柔らかい乳首を捏《こ》ねられた。

それと同時に、しとどに濡れた陰唇を擦られるから堪《たま》らない。

「はぁ……あっ、ん……一緒、しちゃ」

こくりと唾を飲み込む。小さな乳房をすくい取るように手のひらで包まれ、指先でくにくにと尖り始めた乳首を弄《いじ》られる。ぴんと指先で弾かれるたびに乳嘴《にゅうし》が硬くなってくるのがわかった。

背後から聞こえる純也さんの声に熱い吐息が混じる。

臀部《でんぶ》に押し当てられた欲望はすでに硬く勃ち上がっていた。

「あっ、あぁっ、んん……そ、こ、いっ」

陰唇を撫でるだけだった指が浅瀬に潜《もぐ》り込んでくる。ちゅぷちゅぷと蜜をかき混ぜる音を響かせながら指の腹で柔襞を擦られて、慣らされた身体が敏感に反応を示す。

背中を波打たせながら、私は感じ入った声を上げた。

「じゅ、んや……さっ、あぁ、んっ」

腰を突きだした格好で尻を振り、身悶《みもだ》える。開けっぱなしの唇から唾液が流れ落ちるが、気にしている余裕はない。そうこうする間に、ぐぐっと指をより深いところへ突き挿《い》れられた。下肢が蕩《とろ》けそうになるほど気持ちがいい。

「もう、挿《い》れていい？」

「ん、あっ……」

私がこくこくと頷くと指が引き抜かれ、ショーツが太ももまでずり下げられた。

衣擦《きぬず》れの音が聞こえて、純也さんの滾《たぎ》った陰茎が膣部に押し当てられる。蜜口をぬるぬると擦られると、入り口が期待にひくついてしまう。

「あぁっ」

期待に濡れた声が上がる。

ずぶっと太い先端が入り込み、すぐに引き抜かれた。何度かその動作を繰り返されて、狭い蜜襞が彼の形に広がっていく。最奥《さいおう》まで辿《たど》り着いた時、臀部《でんぶ》に彼の下生えが触れた。

「はぁ……っ」

純也さんの口から満足げな声が漏れる。彼は私の乳首を弄《いじ》りながら、緩やかに腰を動かす。

「あぁぁっ、ん、あぁ、はぁっ」

彼の腰の動きに合わせて漏れる喘《あえ》ぎ声が止められない。

綻《ほころ》んだ蜜襞をぐちゅぐちゅとかき回されて、膝が崩れ落ちそうになる。必死にカウンターにしがみつきながら、なんとか立っている状態だ。

「ずいぶん、いやらしい身体になったな……挿《い》れただけで、達《い》きそうになってるだろ？」

興奮した掠れ声で囁《ささや》かれる。彼の声に反応したように、媚肉がきゅうっとうねり収縮する。

背後で小さく呻《うめ》いた純也さんが、私の弱い部分を狙って中を擦り上げてきた。

「ひっ、あ、あっ……それ、やっ……すぐ達《い》っちゃうからぁっ」

下腹部から焼けつくほどの熱が迫《せ》り上がってくる。

びくびくと腰を震わせ感じ入った声を上げると、隘路《あいろ》を満たしている肉塊がますます大きく膨れ上がった。柔襞ごと引きずり出されそうな感覚に背中が粟立《あわだ》つ。

そして一気に最奥《さいおう》まで貫かれ、目の前がチカチカして意識が遠のきそうになった。

「こぼさないように……奥で、全部受け止めて……っ」

純也さんは私の胸から手を離し、両手で腰を抱えた。激しく肌と肌を打ちつけながら、容赦ない速度で抜き差しを始める。

「あぁぁっ、あぁぁあぁっ、も、あ……はぁっ」

全身を強く揺さぶられ、身体を支えていられずカウンターにしがみついた。

律動の激しさと比例して、私の口から淫《みだ》らな声が引っ切りなしに上がる。愛液が泡立ち、ぐちゅんぐちゅんと淫猥《いんわい》な音を立てた。

張りだした亀頭で柔襞を擦り上げられるのが堪《たま》らなく心地よくて、もっともっと欲しくなる。

彼を求める私の想いに限界はないのかもしれない。抱かれていると心まで満たされて、いつも泣きたくなるほど幸せだ。

「もう……出すよ」

感じやすい部分をごりごりと擦られて、凄絶《せいぜつ》な喜悦《きえつ》が腰から頭を突き抜ける。熱い奔流《ほんりゅう》が下腹部の奥で渦となって巻き上がり、一気に高まっていく。

泡立った愛液が弾け足の間を濡らす。私は重苦しい絶頂の波に、首を仰《の》け反《ぞ》らし感極まった声を上げた。

「あぁぁぁっ！」

びくんびくんと激しく腰が痙攣《けいれん》する。フローリングにおびただしい量の愛液が飛び散り、中途半端に脱いだ下着もパジャマもぐっしょりと湿っていた。

「あ……あぁ……」

絶頂と共に媚肉が蠕動《ぜんどう》し、雄々《おお》しい肉棒を締めつける。中のものが、ひときわ大きく脈動した。

直後、達したばかりの敏感な身体を、彼はさらに遠慮のない抽送《ちゅうそう》で追い詰めてくる。

「ひっ、あ……待って、今、達《い》ってるからっ、あ、あぁっ」

敏感な身体を容赦なく貪《むさぼ》られる。臀部《でんぶ》を鷲掴《わしづか》みにされて、深い部分を張りだした亀頭でがつがつと擦り上げられた。

悲しくもないのに涙がほろほろとこぼれて、よがり狂ったように声を上げることしかできない。

「あぁぁっ、ま、た……達《い》く、達《い》くっ……！」

次から次へと凄《すさ》まじいまでの愉悦《ゆえつ》が迫《せ》り上がってきて、どうしようもなく熱くなった身体は、達することでしか収まらない。うねる媚肉は、欲望をさらに奥へと引き込もうとする。

全身が蕩《とろ》けてなくなってしまいそうだ。

「あぁぁっん！」

目眩《めまい》がするほどの深い快感に呑み込まれる。

もうこれ以上奥へは入らないと思っていたのに、下生えが擦れるくらい深く穿《うが》たれ、ついに限界に達してしまう。欲望に絡みついた濡れ襞が、すべてを搾《しぼ》り取らんときつく収縮した。

「く……っ」

次の瞬間、背後から短い呻《うめ》き声が上がり、子宮口近くで怒張が白濁を迸《ほとばし》らせる。びゅっびゅっと断続的に身体の中へ精が注《そそ》がれて、下腹部がじんと熱くなった。

「はぁっ……は、あっ」

一気に噴きだした汗がぽたぽたとフローリングの床を濡らす。

萎《な》えた肉塊を引き抜かれた後も、まだ身体の奥の方で彼の熱がどくどくと脈打っている気がした。

「あ……っ」

「大丈夫か？」

身体を支えていられず、膝から崩れ落ちるように力が抜ける。すぐさま後ろから抱き寄せられて、カウンターに座らされた。

「ん……」

どちらからともなく顔を寄せあい口づける。

私は純也さんにくったりともたれかかるような体勢で、首に腕を回して抱きついた。熱い舌が口《こう》腔《こう》内に入り込んできて、私の舌を絡めとり舐《な》め回してくる。

名残《なごり》惜しいが、これから出社することを考えると、やめなければならない。

「はぁ……」

心も身体も満たされた満足げな吐息を漏らし、壁に掛けられた時計を見る。

思わず、時計を二度見してしまった。

「遅刻しちゃう！　急いで着替えなきゃ！」

「そうだな」

私が慌てふためくのを見ながら、純也さんはさらに軽く口づけてくる。

「エロい匂いがしてるから、シャワーもな。俺がパン焼いておく」

純也さんに朝食はお願いして、私は大急ぎでシャワーをして着替えた。キッチンに行くと、コーヒーのいい香りが漂《ただよ》っている。

しかし、家を出る時間まであと十分しかない。全部飲めるかどうかも微妙なところだ。

「最近、純也さん遅いし、朝くらいちょっとは栄養あるもの作ろうと思ってたのに！」

「仕方ないな。ふゆが可愛いのが悪い」

結局、パンを焼いてコーヒーを淹《い》れただけの朝食になってしまった。しかも作ったのは私ではない。四枚切りのパンを私は一枚の半分。純也さんは一枚と半分。カウンターテーブル前の椅子に腰かけて黙々と食べる。

「そうだ、ふゆ。今日は何時に終わる？」

「十六時までだよ」

「そうか。今日は早く帰れると思う」

「ほんとっ？」

「なにも起こらなければ、だけど」

「ねぇ、なにか起こっても、純也さんはそういう現場には行かないんだよね？」

純也さんの階級は警部だ。捜査二課では課長代理で、キャリアである純也さんは、捜査を指揮する立場のはずだ。

「いや、出ることの方が多いな。都道府県警察で現場の実務を学ばないと、警察庁の行政官として戻った時に、現場で機能する施策が作れない。なにも知らない人間が上に立っても、迷惑をかけるだけだろ？」

「……そうなんだ」

純也さんが現場に出る時、あの女の人も一緒なのだろうか。

胸に漣《さざなみ》が立つものの、彼の愛情を疑っているわけではない。ただ、四六時中そばにいられる彼の同僚を羨《うらや》ましく思っただけで。

「署にいる時は、地味な書類仕事ばかりだけどな」

「なにも起こりませんようにって祈りながら、夕飯作って待ってるね」

私が両手を組むと、座ったまま腰に腕が回され頬に唇が押し当てられる。

「それは楽しみ。絶対早く帰らないとな。ほら……もう時間だぞ」

「わっ、どうしよう！」

「洗い物はやっておく」

「うん、ありがとう！　行ってきます！」

話をしていると十分なんてあっという間だ。食器は片付けておくから、という純也さんに甘えて、私はバタバタと家を出た。

頭の中は、帰ってきてからのことでいっぱいだ。

最近遅かったから、たくさん美味《おい》しいものを作って待っていよう。

私が働く一般入院病棟は、内科から、脳神経外科、心臓血管外科、整形外科、形成外科とさまざまな科の患者を担当しなければならない。

救急に運ばれＩＣＵで経過を診ていた男性患者が、今日一般病棟へと移された。聞くところによると借金苦で会社のビルの屋上から飛び降りたらしいのだが、落ちたのが木の上だったため、奇跡的に助かったということだ。

複数の骨折をしているが、あとは目が覚めるのを待つだけらしい。病室は四人部屋で、今日は私と、もう一人の先輩看護師で担当することになっている。

二年目とはいえ、すべてのことを一人で完璧にできるわけではない。間違いがあっては困るため、まだまだ先輩看護師に頼ることも多い。

「松坂さん、八木《やぎ》さんの意識回復するまで、バイタルチェックと点滴の確認をきちんとね」

「はい、わかりました」

私が検温を終えて、一般病棟に移されたばかりの八木さんの点滴のオーダーを確認していると、見覚えのある影が廊下を通り過ぎたような気がした。

あれ、とカーテンの隙間からもう一度見るが、廊下には同僚看護師の姿しかなかった。

八木さんは、バイタルも安定していて熱もない。この様子ならば、そろそろ目を覚ますだろう。

家族に連絡を取ってみようかとカーテンを開けると、見知った顔が病室に入ってくるところで私は驚愕《きょうがく》に目を見開いた。

「純也さん？」

「警視庁、捜査二課の唯野《ただの》と申します。こちらの病室にいらっしゃる八木さんからお話を伺《うかが》いたいのですが、まだ意識は戻りませんか？」

どうしてここに、という疑問は純也さんと一緒にいた女性が答えてくれた。

（この人……）

すぐにわかった。以前純也さんと一緒に車に乗っていた女性だ。

遠目に華やかな外見をしていると思っていたが、近くで見ると華やかというより派手な印象で、あまり刑事には見えなかった。

目は細くきつそうに見えるが、肉厚な唇が女性らしく、印象を柔らかくしている。全体的にバランスのいい整った顔立ちだ。長い髪は背中の真ん中のあたりまであり、茶色く染められ、ゆるいパーマがかけられている。

（綺麗な人……）

腰は細く足が長い。背は一七〇センチはあるだろう。背の高い純也さんと並ぶと、二人ともモデルみたいで、お似合いに見えた。

上下黒のスーツに、低めではあるがカツカツと音の響くピンヒールの靴を履いている。しかも中のブラウスは胸のボタンが二つほど外されていて、谷間が見えそうだ。豊満な胸を羨《うらや》ましいと思う反面、同じ女性として言わせてもらうならば、場所柄的に少し品位に欠けるように思う。

年齢的には純也さんと同じくらいだろうか。二人の態度から上司と部下のように見えたが、それにしては純也さんへの視線が妙に気安く甘ったるい。

（口調だけは、柔らかいけど……やっぱり、この目）

以前に車の中から感じた視線は気のせいではなかったらしい。唯野さんは値踏みするような視線を私に向けてくる。純也さんは隣にいるため気がついていないが、唯野さんの視線は口調と裏腹に、とても好意的とは言えないものだった。

しかし、突然刑事が看護師に病状を尋ねてくることなどあり得ない。まずは院長に、そして担当医師に確認するのが普通のはずだ。

「申し訳ありません。担当医師は末永《すえなが》なので、まずは医師に確認を取らせていただきます」

「ふゆ、突然すまない。一度目を覚ましたと連絡が来た時に、末永先生には承諾をもらってるんだ。実は、うちで追っていた被疑者の顧客リストの中から八木さんの名前が出てきた。彼は、俺が今追ってる詐欺事件の被害者だと思われる。彼に、重要参考人の顔を確認してもらいたいんだ」

「すみません。ちょっとこちらへ」

病室にはほかの患者もいる。見舞いに来ている家族がちらちらとこちらを窺《うかが》うような視線を向けてくるため、私は一度病室を出ることにした。

人の少ない洗面所へ二人を連れていき、ほかの患者がいないかを確認してから口を開く。

「事情はわかりました。でも、術後の患者さんは目を覚ましたあとも、意識がはっきりしないことが多いんです。自分がどうしてここにいるのかもわからなくなっている場合もあるので、話をするのは医師の診察後にしていただけますか？」

私の仕事場で馴れ馴れしい口調で話すわけにはいかない。

患者の家族に説明するような口調で告げると、唯野さんが妙に甘ったるい口調で信じられないことを言い放った。

「八木さん、生きてよかったとは言えないですよね……騙《だま》されたことを悔いて、家族にお金残すために自殺しようとしたのに、生き残って一生車椅子生活でしょ？　死んだ方が幸せだったかもしれませんね。課長代理もそう思いません？」

「なっ……」

怒りで握った拳《こぶし》がブルブルと震える。彼女を殴らなかった自分を褒《ほ》めてほしいくらいだ。

たしかに、八木さんはビルから落ちたことで脊髄《せきずい》を損傷し、リハビリをしても車椅子での生活になる。

一生面倒を見続ける家族の苦労は計り知れないし、退院後の生活を助けてあげることは一看護師である私にはできない。いくら補助金が出ると言っても、それでは足りないくらいに今後お金がかかることになるだろう。

働き盛りの夫を失って、これからの生活を支えなければいけない妻と子どもたちは、絶望の淵にいるかもしれない。

けれど――

「勝手なこと言わないでっ！　自ら命を絶った方を何人も見てきましたが、その死を喜んでいた家族は一人もいません！　死んだ方がよかったなんてこと絶対にない！　ここは病院です。治せない病気と闘っている患者さんも大勢います。そういう人たちの気持ちを考えてください……っ」

非常識な相手に土足で職場を踏み荒らされた気分だ。

私は唯野さんを睨《にら》み返すと、一息に言い放った。

ここが病室じゃなくて本当によかった。もし、ほかの患者さんに聞こえていたらと思うと、彼女をぶん殴るだけじゃ済みそうにない。

「大きい声を出して申し訳ありません。ですが、八木さんが目覚めるまで病室で待たれるのでしたら、今のような発言は控えてください。同室にはほかの患者さんやそのご家族もいらっしゃるので、お静かに願います」

聞こえていないはずはないのに、唯野さんはバカにしたような顔で私を一瞥《いちべつ》し、純也さんへと視線を向けた。

「奥さん怖いですね」

唯野さんは、やはり私が純也さんの妻だと知っていたらしい。彼女が私を嫌う理由はわからないが、共通の繋がりとしては一つしかない。純也さんだ。

すると、話しかけられた純也さんは冷え切った目をして唯野さんを睥睨《へいげい》した。その目の鋭さに驚いたのか、媚《こ》びるような態度を取っていた唯野さんが押し黙る。

「わかってるか？　そもそも俺たちが事件を未然に防げていたら、犯罪被害者は出ないんだ。場所柄をわきまえろ」

多少意地悪なところはあるが、彼は普段声を荒らげない。そんな純也さんが冷ややかな声で彼女の言葉を一刀両断にした。

怒鳴られているわけでもないのに、肩が震えそうになる。

「それは……そうですけど」

「ふゆ、悪かったな」

純也さんは先ほどとは打って変わった穏やかな表情で私に謝った。すると、納得したように見えた彼女が敵意を剥《む》きだしにして私を睨《にら》みつけてくる。

「では、病室で八木さんが目を覚ますのを待たせてもらう。二時間ほど待って、無理そうだったら日を改めるから」

純也さんの口調は、家でのものとは少し違う。私に話す時はもっと甘ったるい声で、口調も柔らかい。今の少し硬い話し方が新鮮で、聞き入ってしまう。

仕事中なのに、いつものように彼に見惚れそうになって、私は慌てて襟《えり》を正した。

「ん、わかった。そちらの方も……怒ってごめんなさい」

仕事に戻る前に頭を下げて、すぐ向かい側にあるナースステーションへと戻る。純也さんと唯野さんは二人でカーテンの中へと入っていった。つい聞き耳を立ててしまうが、二人の話し声が聞こえないことにほっと息を吐く。

この間も車で一緒だった。そして今日も。

いつもあの人と行動しているのだろうか。純也さんからは名前を聞いたこともないけれど。

ふと、あのいたずら電話を思い出した。なんの証拠もないのに、この人だったらやりかねないなと考えてしまい、動揺が胸に広がる。

（そんなわけ……だって、警察の人だよ……）

否定しながらも、警察官ならば私の個人情報を手に入れるのもたやすいのではないか、そんな考えが脳裏を過《よぎ》った。


担当患者の退院手続きを終えた後、リネン類の交換のため病室を離れることをほかの看護師に伝えて備品室へと行った。

集中して仕事をしている間は、よけいなことを考えずに済むため、何事もなく時間が過ぎていく。すでに八木さんを含めた担当患者の申し送りは済んでいて、シーツやタオルを片付け新しいものと取り替えたら私の今日の仕事は終わりだ。

純也さんたちはどうしただろう。もう帰ったのだろうか。

私がシーツを抱えてドアを開けようとした時、こんこんとノックの音が響いて、外側から誰かがドアを開けた。

「ふゆ？」

「純也さん……どうしたの？」

「八木さんが目を覚ました。末永先生の診察後、少し話を聞けたよ。戻る前にナースステーションに声をかけたら、ふゆはここだって教えてもらったから」

どうやら目的は果たせたらしい。よかった。

これで捜査が進み、八木さんを陥《おとしい》れた人間が捕まればいいのだが。そうしたら、八木さんも少しは心穏やかに過ごせるかもしれない。

そんなことを考えていたら、純也さんが私の頭をぽんぽんと叩いてくる。

「で、お前にセクハラしてた患者はどこだ？」

「もうっ！　とっくに退院しました！」

いきなりなにを言うのかと思った。まだ気にしていたのか。

思わず噴きだした私に釣られるように、純也さんも笑みを浮かべた。

「なんだ、せっかく懲《こ》らしめるチャンスかと思ったのに」

「なにをする気ですか？　刑事さん」

「ん？　法に触れることはしないが」

純也さんは飄々《ひょうひょう》とそんなことを言ってくる。

この間は『俺のふゆに触るやつを、死んだ方がましだって目に遭わせてやりたい』なんて言っていたくせに。

「そういえば、もう一人の刑事さんは？」

「唯野？　八木さんのところで待ってる」

「そっか」

まさか今この場で、いたずら電話は唯野さんが怪《あや》しい、などと言うわけにはいかない。そこには私の嫉妬心も含まれていて、勘どころか確証はまったくないからだ。

でも、ドアを開けて外に出たら純也さんは仕事に戻ってしまう。いつまでもここに引き留めておくわけにはいかないのだ。

(なんか……あの人と一緒にいるのを見るのは……モヤモヤする)

学生時代、女の子たちと話す彼を眺めていた気持ちとはまた違う。あの頃は、妹としか思われていないと諦めていたから、焦りはあってもここまで蟠《わだかま》りはしなかった。

でも今は、あの人のところに戻ってほしくないと思っている。彼は私のだって大声で言いたい。この人を独り占めしたい。私だけを見てほしいと。

そうか、純也さんはいつもこういう気持ちなのかと唐突に理解した。

まさか、純也さんの同僚に嫉妬するなんて思わなかった。

自分の狭量さに呆れつつ、そろそろ出ないと、と口を開こうとしたところで、リネン類の入れられた棚に純也さんの両腕が伸びてきた。身体の両側を彼の腕に塞がれて、身動きが取れなくなる。

「ふゆ、泣きそうな顔してる。どうかしたか?」

彼はこうして、私の変化にすぐ気づいてくれる。それだけで嫉妬心が薄れ、胸に温かいものが広がった。

「ちょっとだけ……こうしてもいい?」

私がシーツを棚に置き、純也さんの胸元に額《ひたい》をくっつけると、手を引かれて背中に回された。抱きついてもいいらしい。ふふっと笑みが漏れて、私は遠慮なく彼に抱きついた。

「ちょっとだけのつもりだったのに、これじゃ離れられないよ」

背中に回した手に力を込める。朝、肌を重ねたせいか、あらぬ場所がじんと疼《うず》いた。

「一緒に怒られてやろうか？」

純也さんの唇が下りてきて、私の首にちゅっと音を立てて触れる。

髪をアップにしているから彼はやりたい放題だ。耳の裏から首筋を舌で舐《な》められて、強く吸いつかれる。おそらく痕《あと》が残っただろう。

「ん……もっ、だめ」

「だめだろ。職場でそんな顔したら。離せなくなる」

「それは……っ、純也さんが首舐《な》めるから！」

私はちょっとくっつきたかっただけだ。赤らんだ顔を向けて睨《にら》むと、喉奥で笑った純也さんが今度は唇を塞いできた。

「まだ、純也さん、か。早く呼び方に慣れろよ」

「そんな、すぐには無理……っ」

会話の合間にも口づけは続いていて、だめだとわかっているのに私は彼の背中から手を離せない。

「純也お兄ちゃん、はすぐに直ったのにな」

くすくすと笑われて、今度はもう少し深く唇が重ねられた。熱い舌で唇の上をなぞられて、じんと中心が熱くなる。

「はぁっ、純也……っ、だ、め……リップ、落ちちゃう……」

「お前が可愛過ぎるのが悪い」

調子に乗った純也さんが、私の足の間に膝を入れてくる。ちょうどその時、備品室のドアをノックする音が聞こえて、私は思いっきり腕を突っ張って純也さんと距離を取った。

「松坂課長代理……こちらにいらしたんですか。もう戻らないと」

「あぁ、そうだな」

純也さんは先ほどまでキスをしていたとは思えないくらい平然としている。それに対して、おそらく私の頬は真っ赤に染まっていることだろう。

カツカツと音を立てて備品室に入ってきた唯野さんは、ジャケットのポケットの中から白いハンカチを取りだして純也さんに渡した。

「どうぞ。口元が汚れていますから」

「いらない」

純也さんは、目の前に差しだされたハンカチを手で押しのける。いささか冷た過ぎるように見えるが、部下相手にはそんなものなのかもしれない。

唯野さんに見向きもせず彼は手の甲で唇を拭った。そして、ばれちゃったとでも言いたげに、私にいたずらっぽい視線を向けてくる。

子どもか、と叫びだしたい衝動に駆られて彼を睨《にら》むが、愛しげに頬を撫でられるとなにも言えなくなった。

「じゃあな、ふゆ。今日はなるべく早く帰るから」

「うん。ご飯作って待ってるね」

ぽんと純也さんのスーツの胸元を叩くと「わかった」と言って、彼は備品室を出ていった。

純也さんの後をついていった唯野さんが、部屋を出る直前、私を振り返る。彼女は、鬼のような形相《ぎょうそう》で私を睨《にら》みつけ荒々しく備品室を出ていった。

背筋が凍りつくような彼女の視線に、私はしばらくの間その場から動くことができなかった。


スーパーに寄って使い切りの食材をカゴへと入れていく。

今日は親子丼にする予定だ。三つ葉と玉ねぎのほか、油揚げとかまぼこを入れるのが私は好きだ。鶏肉と、朝食用にパンに載せるチーズも買った。

純也さんの帰りが遅い日の食事は一人だし、たくさんは買えない。私も日勤だったり夜勤だったりで、なかなか家事ができなかった。

休みの日に掃除をして、溜まった洗濯物をまとめて洗っているが、純也さんも休みの日に同じようにしてくれているため、部屋はわりと綺麗に保たれている。

洗濯機を回して、シート式のフローリングモップで軽く床を拭いた。掃除を始めるといたるところが気になり、普段は見ないようにしているテレビの裏や、洗濯機の隙間まで掃除をしてしまった。

ふと、時計を見ると午後六時を過ぎている。

「もう、こんな時間……」

今日は早く帰ると言っていたし、そろそろ夕飯の準備に取りかからないと。時間がかかるメニューではないから大丈夫だとは思うが、まだご飯さえ炊いていない。

慌てて調理を始めると、あろうことか親子丼に使う卵がないことに気がつく。

「うっそぉ……卵がなきゃ、ただの煮物だよ……」

帰りに買ってこようと思っていたのに、なぜか卵だけすっかり抜け落ちてしまった。

仕方ない。下ごしらえだけしてコンビニに行ってこよう。炊飯器のスイッチを入れて、出かける準備をする。

純也さんと行き違いになったらいけないと、マンションを出る時にメッセージを入れておいた。

日中の気温は初夏を感じる暑さだが、夕方はまだ涼しい。

私は急ぎ足でマンションから十分ほどの場所にあるコンビニへ急ぐ。

卵と、ついでに味噌汁用の豆腐を買う。ほかに足りないものはなかっただろうか。

そんなことを考えながらコンビニに入ろうとしたら、中から大柄の男性が勢いよく飛びだしてきた。真正面からぶつかった私は、体格差もあり踏ん張る間もなく後ろに倒れる。

「……っ！」

スローモーションのようにコンビニ、空と見えて視界が揺れた。

「ふゆっ⁉」

視界の端に映った純也さんが、驚いたように私の名前を叫んだ。

どうしてこんな場所にいるのだろう。仕事帰りにコンビニにでも寄っていたのだろうか。

その直後、後頭部に衝撃があって、全身に炎に包まれたような熱さが走った。

目の前が暗くなっていく中、脳裏に浮かんだのは「純也さんのご飯、まだ作ってない」だった。


嗅ぎ慣れた消毒液の匂いがして、目を開く。見慣れた天井のトラバーチン模様がぼんやりとした視界に映った。

「奥様、どうですか……？」

この声は誰だろう。

どこかで聞き覚えはあるのに思い出せない。

「脳震盪《のうしんとう》を起こしているようだ。傷もそこまで深くないらしい」

この声は純也さん。ということは、先に聞こえた女性の声は唯野さんだろう。

「まさか、あのタイミングでいらっしゃるとは思いませんでしたね」

私は目を開けて、左右にゆっくりと首を振った。ズキズキと痛む頭を手で押さえながら、どうして自分がここにいるのかを考える。

「じゅ、んや……さん？」

そうだ。買い物に行ったはずだ。

コンビニに卵を買いに行き、誰かとぶつかったところまでは覚えている。頭を打ち意識を失った後、おそらく救急車で病院に運ばれたのだろう。

「ふゆ、目が覚めたか？」

「純也さん……どうして、私」

「話は後で。とりあえず先生を呼んでくるから」

純也さんが病室から出ていって、数時間前に会ったばかりの女性刑事と二人きりになる。純也さんの姿が見えなくなると、唯野さんは先ほどまで見せていた心配げな表情を消し、面倒くさそうにため息をついた。私がなにかしたわけではなくとも、嫌われている相手と二人では気まずい。

「松坂さん、とんだ災難だったね」

すぐに顔見知りの医師が純也さんと共に病室にやってきた。あまりの申し訳なさに項垂《うなだ》れるしかない。

「末永先生、すみません。ご迷惑をおかけして」

「松坂さんが運ばれてきた時は驚いたよ。後ろに倒れた衝撃で、コンビニの駐車場の車止めに後頭部を打ったらしい。先に手を突いたからか衝撃はそんなに受けてない。骨折もしてないし。でも、場所が頭だし、頭蓋内出血の恐れもあるから、今日一日は入院ね。しばらく傷は痛むと思うから、痛み止めを出しておく」

「ありがとうございます」

末永先生が出ていくと、自分の不甲斐なさに落ち込みそうになる。出てきた人とぶつかって後ろに倒れるなんて。

そういえば、私にぶつかってきた人は大丈夫だったのだろうか。

「ねぇ純也さん……私とぶつかった人は？　なんともなかったの？」

その人も怪我をして同じ病院に運ばれているのなら、謝罪をした方がいいかもしれない。そう思って聞いたら、純也さんに「いや……」と首を横に振られる。

「悪いのは相手だから気にしなくていい。それに、もう捕まってるから」

「捕まってる？」

「振り込み詐欺の受け子をしている男だったんだよ、お前にぶつかったのは」

すると、さらに驚くような言葉が返された。

「え……あの、その人は」

もしかしたら、私は純也さんの仕事の邪魔をしてしまったのではないだろうか。慌てて身体を起こそうとするが、肩を押さえて止められる。

「ふゆとぶつかった拍子《ひょうし》に被疑者がバランスを崩して転んだおかげで、すぐに捕まえられた」

「あ、そっか……よかった」

「よくない。まったく、生きた心地がしなかった」

純也さんは眉間にしわを寄せて、憂《うれ》いを吐きだすように深い息を漏らした。

ここ最近の忙しさに拍車をかけて疲れさせてしまったようだ。

「心配かけてごめ……」

「松坂課長代理。奥様も大丈夫そうですし、一度署に戻って報告されては。もしご心配なら、奥様には私がついておりますから」

いたたまれなさに肩を落として口を開くと、後ろに控えていた唯野さんが私の言葉を遮《さえぎ》るように話に入ってくる。

「仕事、戻りたくないな」

唯野さんの言葉を無視したまま、純也さんは案じるような目を向けてきた。すると唯野さんの表情がますます険を帯びたものへと変わっていく。

「あ、あのっ……私は大丈夫だから、ね？　お願い、仕事に戻って」

べつに唯野さんのために言ったわけではない。たとえ巻き込まれたのが私だったとしても、純也さんが戻らなければほかの人に迷惑がかかるかもしれない、そう思ってのことだ。

「俺はお前の夫だよ。妻が入院するってのに、どうして仕事に戻らないといけない？」

唯野さんの前なのに、取り繕《つくろ》うつもりはないらしい。

心底うんざりしたように純也さんが言った。どうして私が睨《にら》まれなければならないのかわからないが、唯野さんの冷ややかな視線は私にだけ向いている。

彼の気持ちは嬉しい。でも……

「ほら、ここ職場だから。知ってる人もたくさんいるし、大丈夫だよ。あ、今日親子丼作ろうと思って、買い忘れた卵を買いにコンビニに行ったんだけど、結局買えなかったから、ごめん。中途半端にフライパンの中に入ってる。あとは、卵を溶いて入れるだけだから、お願いしていい？」

結局食事を作ることはできなかったし、二人でゆっくり過ごすことも叶わなくなってしまった。

「わかった。でも、治るまでは仕事休めよ。人の命は大事だけど、俺にとってはふゆの命の方が大事だから」

「それ……警察の人が言っちゃだめじゃない？」

「警察官にも家族はいるだろ。大事な人が痛い思いしてる時くらいそばにいたい」

「ありがとう。でも、家族のお見舞いも夜八時までって決まってるんだよ。私はちゃんと安静にしてるから、仕事に戻って」

「消灯までは私がおりますから」

辟易《へきえき》とした感情を隠そうともせずに唯野さんが言った。内心早く仕事に戻れと思っているのが丸わかりだ。純也さんは気づいているのかいないのか、そんな唯野さんに対して頷いただけだ。

「じゃあ、ふゆ。ちゃんと寝てろよ。明日の朝、迎えに来るから」

「うん、わかった。気をつけてね」

バイバイと横になったまま手を振ると、名残《なごり》惜しげに純也さんが病室を出ていった。

正直、唯野さんにそばにいられるのは居心地が悪い。

なんなら仕事に戻ってくれても、私はべつに構わないのだが、唯野さんは椅子に腰かけたまま相変わらずの表情で私を見つめてくる。

もしかして、本当に消灯までここにいる気だろうか。

「あの……唯野さん？」

「はい？」

純也さんに話しかける時とは明らかに違う声色。呆れを通り越して笑えるくらいわかりやすい。

私にも女の勘、というものがあったようだ。どうしてか、最初から唯野さんのことが気になって仕方がなかった。あの車のフロントガラス越しに目が合った瞬間から。

たぶん、彼女は純也さんが好きなのだろう。だから妻である私への当たりがきついのだ。

気持ちはわかるけど、こんな風に一方的に嫌われるというのはあまり気分がよくない。

「私は大丈夫なので、唯野さんもお仕事に戻ってください」

「べつに、あなたのことが心配でここにいるわけじゃありませんよ」

「……そうでしょうね」

私が言うと、唯野さんの口から舌打ちが漏れる。

ではどうしてここにいるのかと言えば、おそらく純也さんに「私がおりますから」と言ったからだ。

「警察官の妻なのに、ずいぶんと鈍臭いんですね。偶然とはいえ、あなたがひっくり返ったりするから、一般人に怪我人を出したことで、松坂課長代理が始末書を提出することになったんですよ」

「始末書？」

「ええ。でも、こちら側の失態です。コンビニ内で捕まえられていたら、あなたはお怪我なさらなかったんですから」

(私に一言言ってやらなきゃ気が済まなかった……って感じ)

私に対して臆面《おくめん》もなく告げてくる。

清貴と真紀が言っていた「男の不倫は遊び、女の不倫は本気」という言葉が脳裏に浮かんだ。唯野さんが遊びで純也さんに恋心を抱いているとは、到底思えない。本気も本気だ。なんなら奪ってやるぞ、という意気込みまで感じる。

だからといって、私になにができる？

純也さんは私のものよ、なんて言って引っ叩《ぱた》く……いやいや、身長一五〇センチに満たない私では返り討ちに遭いそうだ。しかも頭を打って入院しているのに。

泣いて喚《わめ》いて、奪わないでと言う？

よく知らない相手だが、彼女の場合よけいに恋心に火がつきそうな気がする。

そんなことをつらつらと考えている私は、実はまったく冷静じゃなかった。

頭はズキンズキンと鈍器で殴られたように痛むし、純也さんは帰ってしまうし、ここにいるのは純也さんを狙っている唯野さんだしで、踏んだり蹴ったりだ。

モヤモヤする心をなんとか抑えて痛みに耐えていると、私を非難するような表情のまま唯野さんが口を開いた。

「ずいぶんと大事にされてるんですね。あなたが倒れた時、いつもの冷静な彼らしくなかったわ」

彼、という言葉の中に含みがあるような気がして、私は眉を顰《ひそ》めた。

迷惑をかけたのはわかるが、彼女の言葉一つ一つに棘《とげ》があるのを感じる。

「唯野さんは……純……夫とは長い付きあいなんですか？」

純也さんが警視庁勤務になったのは四月のことだ。車に乗っているのを見かけたのは三月。異動で勤務地が同じになったから行動を共にしていた、と考えるのが自然だろう。

その時からなら、まだ二ヶ月ちょっとの付きあいのはず。けれど『いつもの冷静な彼』という言葉からは、もっと前から付きあいがあるように感じる。

「ええ、実は以前に配属された署が一緒で。私は先にこっちに異動になって離れてしまったんですけど、今回彼も警視庁勤務になったことで再会したんです。彼ってマメでしょう？　ちょくちょく連絡をくれるので、勤務地が離れた後もよく食事に行っていたんですよ。あの人、ワインが好きだから、美味《おい》しいワインバーによく連れていってもらったわ」

「ワインバー……ですか」

以前の同僚ならば、一緒に食事に行くこともあるだろう。私だって、同僚と食事に行くことくらいある。その中に男性がいることだって。純也さんだって同じだ。

（でも、純也さんが……この人を食事に行こうって誘った……？　二人きりでって言ってるように聞こえるけど）

仕事中の彼を知らないから私にはなにも言えないが、大人数ならともかく彼が女性と二人で食事に行くとは考えにくい。だが、そう思ってはいても、他人から親しげに純也さんの話を聞かされると、じりじりと焼かれるような胸の痛みを感じる。

「あら、彼から聞いてないんですか？」

先ほどとは打って変わって、唯野さんは喜色を浮かべる。

純也さんがワインを好きだなんて私は知らない。私がお酒に弱いから、二人で飲むことはほとんどない。家だと彼はいつもビールや日本酒を好んで飲んでいたが、ワインも好きだったのか。

私たちは一緒に暮らし始めたばかり。食事の好みやお酒の好みだって、まだ知らないことがあるだろう。何年も同僚として一緒に働いている彼女の方が、純也さんの好みについて詳しいのは当然かもしれない。

それでもやはり悔しい。私の知らない純也さんを唯野さんが知っているのが。

勝ち負けではないのに、負けたくないと思ってしまう。けれど今の私の体調は、彼女に言い返せるだけの気力がない。

「仲、良かったんですね……」

ため息まじりにそれだけ言うのが精一杯だった。

「ええ、とても。あの人、私にはつれないでしょう？　でも、二人きりの時は優しいんですよ。移動の時も二人ですしね」

「そうですか……」

彼に仲のいい女性がいたっておかしくはない。

しかし、彼女は先ほどからずっと含みを持たせた話し方をしている。私になにかを気づかせたい、とでも言うように。

「余裕なのね」

丁寧な口調が一変し、唯野さんの眼差しがふたたび険を帯びる。

「え……？」

「あなたの話もよく聞いていたわよ？　別居しているからあまり会えないって……でも、ほら……彼も男だし、ね？」

わかるでしょ——そう告げられて、頭の中が真っ赤に染まる。

暗にそういう関係にあったと匂わされて、激しい不快感に襲われた。憤然とした思いのまま手を振り上げて叩いてしまいたい衝動に駆られて、とっさに震える手で自分の手を押さえつける。動けなくてよかった、心底そう思った。

(純也さんと、不倫関係だったって言いたいのっ？　そんなの、信じるわけない！)

目の前がぐらぐらと揺れる。

気づけば病室に唯野さんの姿はなかった。

鎮痛剤が切れたのかそれともべつな要因か、その日の夜、締めつけられるような頭の痛みで、私はなかなか眠りにつくことができなかった。


翌日。

浅い眠りを幾度か繰り返したためか、軽い頭痛と共に目が覚めた。

朝食をとり痛み止めを飲む。なんとか重い頭を働かせながらのろのろと服を着替えると、同僚の看護師と一緒になぜか唯野さんがカーテンを開けて入ってきた。

思わず眉根を寄せて彼女を睨《にら》んでしまう。

「奥様、おはようございます」

「おはよう……ございます」

唯野さんは大人っぽいVネックの白シャツに、タイトスカートを穿いていた。

オフィスカジュアルだが、相変わらず大きい胸を強調して谷間を見せているため、妙に官能的で艶《なま》めかしい。

この人と純也さんが四六時中一緒にいるのかと考えると胸が嫉妬でざわつく。

私と彼女、どちらが純也さんの隣に立つのにお似合いかと言われたら、十人中十人が唯野さんと答えるだろう。

どうしてこんな気持ちになるのか。純也さんに叶わない恋をしている相手と割り切ることができればいいのに、昨夜の彼女の話を忘れられない。

純也さんを信じる気持ちは変わらなくとも、私よりも長い時間そばにいるであろう相手に、私は醜《みにく》く嫉妬をしている。

(純也さん、朝迎えに来るって言ったのにな……)

起きてすぐ確認したが、純也さんからの連絡はなかった。

「あの、どうして唯野さんがここに？」

私が聞くと、唯野さんは「お加減はいかがです？　昨夜はよく眠れましたか？」と、笑みを崩さずに言ってきた。

よけいに具合が悪くなりそうな心境だったが、おそらく仕事で来ているであろう彼女を無下《むげ》にすることはできない。

「はい……今日はなにか？　もう退院するだけですけど」

私の不承不承対応している様子が丸わかりだったのか、唯野さんはしてやったりといった顔で笑った。

「マンションまで送るようにと、松坂課長代理から頼まれて来ただけです。そう、警戒なさらないでください。奥様」

（純也さんが、この人に頼んだ……？）

明日迎えに行くと、言ったのに？

仕事が忙しいのかもしれないが、唯野さんに頼んだということにひどく落胆する。

彼女は純也さんの仕事のパートナーだ。事件に巻き込まれた妻の面倒を頼む相手としては当然なのだろうけど。

「……警戒なんて」

「〝純也さん〟が盗られちゃう、って思っているのでは？」

「そんなわけっ」

「ふふっ、純也さんがモテるなんて、今に始まったことじゃないでしょう？」

（彼の名前を呼ばないで……盗られちゃうだなんて言わないで。純也さんは私の夫なのに）

そう言い返さなかったのは、ここが職場だからだ。

歯がみしながらもそれくらいの分別はある。でも正直、ストレスが溜まるばかりで参ってしまいそうだ。唯野さんの言葉を信じたわけではないが、迎えに来てくれない彼への苛立ちが募《つの》った。

彼が忙しいのはわかっている。普段、休みの日だって出勤になることがあるのだ。自分の都合で簡単に休みが取れないというのは理解できる。

私は検査の結果問題なしと言われているし、一人でも帰れる。彼女を迎えによこしてくれたのは純也さんなりの優しさなのかもしれない。

(でも……連絡の一つくらい、できるはずでしょ……!)

純也さんは知らない。私が唯野さんとどんな話をしたのかを。だから仕方ないと思おうとしても、胸の痛みは増すばかりだ。

「彼って二人きりだと甘いのよね。昼休みだってあまり休めないのに、あなたからの電話に出て。あなたと話しながら、私に可愛いって言ってくれるのよ?」

「……っ!」

私は悔しさで震えそうになる唇をぎゅっと痛いほど噛みしめる。

脳裏に、清貴の上司の話が過《よぎ》る。奥さんの前で浮気相手と電話している上司。あの時はまるで他《ひ》人事《とごと》だった。けれど今は、もしかしたらという気持ちが拭えない。

本当の話かもわからないのに、惨めで悔しくて、妻としての矜持《きょうじ》がずたずたに傷つけられる。

せめて、この人の前では泣くまいと、必死に漏れそうになる嗚咽《おえつ》をかみ殺すしかできなかった。

「ほらあの人、性欲旺盛でしょう？　車で二人きりだと、どうしてもね……」

病棟を出て駐車場へと向かう間、彼女は私が知らない五年間の話について勝手に語り始める。

私は、聞こえないフリをしてやり過ごした。私と離れていた間、たとえ同僚だとしてもこの人と一緒にいたなんて信じたくない。

この苦痛しかない時間をどう過ごせばいいのか。胃がキリキリと締めつけられるように痛む。二人の関係を想像すると吐き気までしてきて気分が悪い。

重い身体を引きずるようにして、唯野さんの後に続いて駐車場まで行くと、黒のセダンのロックを解除し後部座席のドアが開けられた。逃さないと言われているみたいだ。

「どうぞ。乗ってください」

運転席と後部座席とはいえ、一刻も早く車を降りたくなる。おそらく彼女は私の心情を理解した上で話しているのだろう。私を傷つけるためにやっているのだ。

彼女の話を聞く気にはなれず、私は窓の外に目を向けた。

私はいつも電車で通勤しているため車での行き来は不慣れだが、徐々に知っている景色が見え始める。

彼女はどうして、なんの迷いもなくハンドルを切っているのか。

あまりにもスムーズに住宅街を通り抜けマンションへ到着したことに不自然さを感じる。

マンションは近道で行こうとすると何度も曲がらなくてはならないし、途中で一方通行もあるから、道が入り組んでいてわかりにくい。

（警察の人は……これが普通なの？）

幼い頃から渋谷区に住んでいたため、私は引っ越し後も迷うことはなかったが、初めて来る人がわざわざこの細い路地を通る道を選択したことに違和感を覚えた。

警察官は常に都内を走り回っているのだし、知っていてもおかしくはないのかもしれないが。

(もしかして……来たことがある、とか……？　まさかね)

さすがに勘繰り過ぎだろう。

だが、立体駐車場と平面駐車場があり、さらに来客用と分かれているマンションの駐車場のうち、彼女はなんの迷いもなく来客用のスペースに車を停めた。

「送ってくださり、ありがとうございました」

もうこれ以上考えたくなくて、疑問を心の中に封じ込める。気になれば、純也さんに直接聞けばいいだけだ。正直、この人と二人きりにした純也さんへの蟠《わだかま》りはあるものの、私はやはり彼を信じているのだ。私を愛していると言った夫を。

私が車から降りると、彼女も運転席から降りた。そして私を嘲笑《あざわら》うような目をして口を開く。

「ふふっ、私がここを知っているのがそんなに不思議？」

「前に……来たことがあるんですか？」

私の声は思っていたよりもずっと弱々しく掠れていた。

「ええ、何度もね。署に泊まりになる時に着替えを取りに来たりとか、ほかにもいろいろね。あなたも仕事をしているから部屋を空《あ》けることが多いでしょう？　忙しいのはわかるけど、もう少し片付けた方がいいと思うわよ。ベッドのシーツとか」

「シーツ……」

まさか、という思いで聞いたのに、唯野さんはあっさりと肯定した。

本当に部屋に入れたの？　この人を――？

違う、絶対に違う。そんな話は信じない。

小さい頃から一緒にいるのだ。彼がどういう人か、誰より知っている。いくら同僚とはいえ、彼がそう簡単に鍵を他人に託すとは思えない。

人当たりはいいけれど、友人を部屋に上げたことだって一度もなかったくらいだ。

たった数年一緒に働いただけの唯野さんを、私と二人で暮らす部屋に無断で入れるなんてこと、絶対にない。

（私が部屋に上げてもいいよって言ったって、純也さんはしないし！）

彼がこの人と仕事中ずっと一緒にいるのは非常に不快だ。

仕事柄、機密情報もあり人の目があるところで話せないことも多いだろう。おそらく二人きりで話す機会は何度となくあるはずだ。純也さんはこの人の気持ちを知っているのだろうか。

「病院ではきっちりシーツを敷いているのに、家では違うのね。寝乱れたままだったわ。安心して、彼と使ったシーツはちゃんと洗濯しておいたから」

彼女の言葉に頭が混乱する。

平然と部屋の中に入ったことがあるような言動をする唯野さんが、ただただ恐怖だった。

（彼女が部屋に入ったはずはない……なら、どうして知っているの……？）

たしかにシーツを直す余裕がない時は多い。朝から求められることもあるし、そんな時は特に、寝乱れたシーツを替えている余裕はなかった。

(どこかで、見てる?)

盗聴、盗撮という言葉が頭に浮かんで、恐ろしさのあまり背中に冷たい汗が伝う。警察官がやっていいことではないし、間違いなく犯罪だ。

「早く別れた方がいいんじゃないかしら? 電話でも、そう言ったでしょう?」

「あの電話、あなたがっ⁉」

電話をしてきたのはやはりこの人だったのだ。

立っている場所が足元から崩れていく感覚に目眩《めまい》がした。一回目の電話は一緒に暮らす前だ。そんなに前からこの人に目をつけられていたなんて。

「あら、大丈夫?」

ふらりと身体を揺らすと、支えてくれたのは唯野さんだ。手が震えて表情を保つだけで精一杯だ。一刻も早くこの場から離れたかった。

「大丈夫です……ありがとうございます……」

なんとか声を絞り出して礼を言うと、唯野さんは、用は済んだとばかりに車に乗り去っていった。

「帰らなきゃ……」

帰る――?

マンションの部屋に――?

気持ちが悪い。どこかで唯野さんが見ているかもしれないことを考えると、恐怖と怒りでどうにかなりそうだ。

あまりの気持ち悪さに、なかなか吐き気が治らなかった。

「う……っ」

思わず口元を押さえて逆流しそうになる胃液を押し戻す。

薬が効いてないのか傷口がズキズキと痛みだした。体調が悪過ぎて、とにかく横になりたかった。

それでも今は、マンションの部屋に帰る気にはなれない。

(実家……近くてよかったな。お母さんいるといいんだけど)

私はマンションとは反対方向に足を向けて、痛む頭を押さえながら歩いた。

家に着いた頃には顔色が真っ青だったらしく、休みだった母が血相を変えて飛んできたほどだ。

「ふゆっ!? どうしたの、その包帯っ!」

「転んだだけ……病院で診てもらったから平気。今日泊まる。ちょっと寝かせて」

自分でも苦しい言い訳だと思うが、お母さんになにをどう説明すればいいかわからない。今はとにかく放っておいてほしかった。

「それはいいけど……」

私の部屋はベッドもタンスもそのままだ。昔、家庭教師をしてもらっていた頃の勉強机も置いてある。純也さんが実家はそのままにしておけるようにと、マンション用の家具を揃えてくれたから。

ベッドに横になって一息つく。ぼんやりと部屋を見つめて、昔、ここで勉強を教えてくれた純也さんを思い出した。彼の隣で机に向かっていた自分のことも。

「う……っ、ふっ、え……も、やだ」

唯野さんの前では必死に耐えていたが、もう我慢の限界だった。

ボロボロと涙が溢《あふ》れて止まらない。枕が濡れて、嗚咽《おえつ》交じりの咳が出る。

浮気しているなんて思わない。それでも、あれだけの悪意をぶつけられて平気でいられるはずがなかった。

唯野さんは昔から関係があるようなことを匂わせてきた。私と離れていた五年の間に、唯野さんが勘違いするようななにかが二人の間にあったのだろうか。

(なにかって……なによ……)

考えたくない。少しでも純也さんを疑いたくない。

(純也さんに、実家にいるって……連絡、しなきゃ)

スマートフォンは鞄に入れたままだ。だが、鞄に手を伸ばすだけの気力もなかった。

どうせ仕事は三日間休みだ。このまま眠ってしまおう。起きてから連絡をすればいい。

意識を失うように、私はストンと眠りに落ちていった。


ベッドの中でまどろみながら、手を伸ばす。

「ん……」

いつもの温もりが隣にないことに気づいて目を開けると、そこは実家の私の部屋だった。

「帰ってたんだっけ……」

昨夜よく眠れなかったからか三時間ほど寝入ってしまっていたらしく、時刻は昼を過ぎていた。

その時、ドアの外から話し声が聞こえて、ノックの音が響いた。

「はい」

「私、入るよー」

ノックの音にゆっくりとした動作で身体を起こすと、開けられた扉の向こうに、真紀と清貴が立っていた。

「電話しても出ないから心配した……って、どうしたの、それ……っ！」

どうして真紀たちがここに、とぼうっとする頭で考える。そして、夜勤の前にランチをする約束をしていたことを思い出した。昨夜からいろいろとあり過ぎて、キャンセルの連絡をするのをすっかり忘れてしまっていた。

「あ、そうだ……約束、ごめん」

「そんなことといいから！」

「なにがあった？」

清貴も真紀と同様に私の頭に目を留めて言った。大袈裟《おおげさ》に包帯が巻かれ、ネットが被せられている状態を見れば心配するのも無理はない。後頭部を切ったので仕方ないのだが、しばらくは仕事中もこの状態だろう。

「二人ともごめんね。連絡しなくて」

「いや、こんな状態じゃできないでしょ！　それより、なんで怪我してんのっ？　純也さんはっ？」

唾を飛ばさん勢いでまくし立てられて、心底心配している様子の真紀と清貴に、ささくれだった気持ちが落ち着いていく。私にとって二人は、心の安定剤みたいだ。

「ちょっと、昨日人とぶつかって……」

昨夜のことをかいつまんで説明し、検査で異常はなかったことを話すと、二人とも安堵した様子を見せた。

「だから実家に来たの？　マンション行ってもいなかったからこっちに来たんだけど、純也さん仕事忙しい？」

真紀が疑問を口にする。純也さんの仕事が忙しくてと嘘をつくこともできたが、彼の話が出た途端、表情を曇らせた私を真紀は見逃さなかった。

「ほかにも、なにかあった？」

真紀は声を幾分か低くして聞いてくる。

「あのいたずら電話……純也さんの同僚の人からだった」

「はぁっ!?」

唯野さんとの話をかいつまんで説明する。彼女からの悪意、彼女が純也さんに対して並々ならぬ想いを抱いていることも。

「どうしてその人だってわかったんだ？」

非通知でかかってきてたよな、と聞いてくる清貴は自分でもどうにかならないかと調べてくれていたらしい。だが、結果は芳《かんば》しくなかったという。

「本人がそう言ったから。電話でもそう言ってたでしょ、って」

「目的は……一つしかないな」

清貴の言葉に真紀も頷いた。

「それで、ふゆは平気か？　平気じゃないよな。っていうか、どうして今、あの人がここにいないんだ？」

眉根を寄せた清貴が、まるで純也さんを責めるように言う。

「純也さんが、唯野さんに私の迎えを頼んだみたい。迎えにきた唯野さんが言ってたの。仕事だったら、仕方ないよ」

「ふゆに連絡の一本も入れないでか？　そういうことする人じゃないだろ？　仕事さぼってでも迎えに来そうなものなのに……おかしくないか？」

たしかに純也さんは仕事で帰れなくなったり、予定より遅くなったりする場合は、必ず連絡をする人だ。どうしてそこに思い至らなかったのだろう。

私は怪我のショックと、唯野さんという悪意を持った存在に動揺して、知らない間にパニックになっていたらしい。

そうだ、よくよく考えたらおかしい。昨夜、純也さんが病院を出てから一度も連絡がないなんて。離れていた間、電話は私が出られない場合も多いため頻繁《ひんぱん》ではなかったけれど、メッセージだけは欠かさずきていた。

どんなに仕事が忙しくても、「おはよう」と「おやすみ」のメッセージだけは入れてくれていたのに、昨夜はそれすらなかった。

(忘れるなんて……あり得ない)

「真紀……ごめん、私の鞄取ってくれる？」

「これ？　はい」

鞄からスマートフォンを取りだしてチェックするが、約束をすっぽかしてしまったため真紀から心配のメッセージと着信が履歴に残っているだけだった。

「入ってないか？」

純也さんになにかあったのではないか、という不安が過《よぎ》る。

だがなにやら階下からお母さんの声が聞こえてきて、すぐに階段を駆け上がる音が響いた。

そしてドアが乱暴とも言える動作で開けられる。

「ふゆっ！」

部屋に入ってきた純也さんは、私の顔を見て安堵の表情を浮かべた。

清貴と真紀のことは視界に入っていない様子でツカツカとベッドまでやってくると、私が寝ているベッドの上にのしかかってきた。

「じゅ、純也さんっ!?」

私は慌てて清貴と真紀を見るが、二人は顔を背《そむ》けて見ないフリをしてくれていた。というか、呆れているのかもしれない。

「ふゆ、大丈夫か？　どうしてマンションにいなかった？」

純也さんは慌てた様子を隠そうともせず、私の全身をくまなくチェックしてくる。

両腕を頭の横に置かれ、上から覆《おお》い被さられているせいで身動きが取れない。なにも悪いことはしていないのに、なぜか尋問されているような気がする。

「朝、唯野さんが迎えに来たの。純也さんに頼まれたって言って。それで……」

唯野さんを部屋に入れたと聞いた、と私が言う前に、苛立った動作で純也さんが汗に濡れた髪をかき上げる。よくよく見ると彼の額《ひたい》には玉のような汗が浮いていて、さらに艶《つや》のある黒髪も濡れていた。もしかしたら、急いで駆けつけてくれたのかもしれない。

「あの女、やってくれたな」

真上からチッと舌打ちが聞こえてくる。純也さんの目が完全に据わっていた。

「俺は迎えに行くって言っただろ？」

責めるような言葉とは裏腹に、彼の声色はひどく甘い。

清貴たちが部屋にいるのに、純也さんは私の頬へ愛おしげに口づけてくる。さらに額《ひたい》や鼻先へと唇が触れて、胸の中で湧き上がっていた怒りが溶けるように形をなくしていった。

唯野さんの言葉に振り回され不安になっていたけれど、純也さんを前にすると、やはり彼が不倫をしているなんて思えない。彼の目には私しか映っていなかった。

「純也さん、連絡くれなかったでしょ」

「ごめんな。昨夜、仕事中にどこかの誰かにスマートフォンを隠された。それに朝早く、看護師だって女から職場に電話があったんだ。ふゆはもう退院したって。だから一度マンションに寄ってから病院に行った。そうしたら、ふゆは連れだされた後だったけどな」

「え……」

どこかの誰か、は唯野さんしかいないだろう。

なんのために、彼女がそんなことをしたのか考える。

私が純也さんを疑うように仕向けるため、そして私たちの仲を引き裂こうとして——？

彼は職場から私に連絡を入れようとしてくれたらしいが、いたずら電話の一件以来、純也さんによって私のスマートフォンは登録外の電話を受けられないようになっている。そのため、彼はマンションに直接行くことにしたのだそうだ。

「唯野さんが……純也さんと不倫してるみたいなこと言ってた」

「なに言ってんだよ。俺がふゆ以外の女に勃つわけがないだろ」

「たっ……！　なんてこと言うのっ⁉」

平然ととんでもないことを告げられて、私は目を剥《む》いた。

純也さんはまったく意に介していないようだが、ここには真紀や清貴もいる。こんなことを聞かれて、彼はなんとも思わないのだろうか。

私がちらちらとベッドの脇に視線を向けると、ようやく清貴たちの存在を視界に入れた純也さんは、艶然《えんぜん》と微笑み見せつけるように唇を塞いできた。

「んんっ～！」

さすがに見ていられなくなったのか、部屋のドアが閉まる音がして、ようやく私は身体から力を抜く。

唇が離れていき、純也さんが私の目元を指で拭った。

「涙の痕《あと》がある。泣いたのか？」

「これは……」

純也さんを信じていなかったわけじゃない。それでも不安はやはりあった。

唯野さんになにも反論できなくて悔しかった。

私が唇を引き結ぶと、純也さんの指先が噛むなと言うように唇に触れる。

「ごめんな。怪我してるのに、迎えに行けなくて」

彼の方が泣きそうな顔をしていた。私の頭に巻かれた包帯を見つめる瞳が揺れる。もしかしたら純也さんは自分を責めているのかもしれない。

「純也さんのせいじゃないよ」

「お前は俺を責めていいんだよ。お前だけは、俺を詰《なじ》って、怒ってもいい。でも、俺の知らないところで泣くなよ」

私は首を横に振る。純也さんを責める気になんてなれない。唯野さんに対する嫉妬や憤《いきどお》りはどうしようもないが、純也さんがモテるのなんて今に始まったことではないのだ。

「ねぇ、気づいてるんでしょ……唯野さんは」

純也さんのことを本気で好きなんだと思う。そう言いかけて口を噤《つぐ》む。

私がそれを言ってもいいのだろうかと逡巡《しゅんじゅん》した。だが、私の心情を正しく理解した純也さんは、うっとりとするような笑みを浮かべたまま私を射貫くように見つめてくる。

「お前以外の女の気持ちなんか、どうでもいい」

「どうでもいいって……」

なんて傲慢《ごうまん》……と呆れてもいいはずなのに、私の胸が鼓動を速めていく。

私以外の女性の気持ちなどどうでもいいと言い切る彼に、どうやら私は、とことん溺《おぼ》れてしまっているらしい。

「本当に……家に閉じ込めておきたい。どうしてあんな女に泣かされるんだ。お前が泣くのは、気持ち良過ぎて達《い》きっぱなしになった時だけでいい」

純也さんは私の腫《は》れた目元に口づけながら頬を撫でてくる。

「恥ずかしいことばっかり言わないで！」

「恥ずかしがってるお前も可愛いよ」

「純也さんは私を甘やかし過ぎじゃない？」

「俺が甘くなるのは、お前が我慢ばかりしてるからだろ。昔は甘えたがりでわがままだったのに、離れてた五年の間に、寂しくても『仕方ない』で済ませるようになった。本気でやろうと思えば、強引に仕事を辞めさせて連れていくこともできたんだ……俺がどうしてそうしなかったか、考えてみろよ」

「そんなに、私が働くのが嫌だったの？」

そういえば以前、彼は仕事を辞めてもいいと言ってくれていた。でも私は、まだ新人に毛が生えた程度の状態で辞めたくなかった。彼は納得してくれていたと思っていたのだが。

「嫌に決まってる。俺の知らない誰かと、ふゆがどんな話をしてるのか考えただけで、頭が煮えくり返りそうだった。官僚じゃなくて医者になればよかったよ。そうすれば、仕事中も一緒にいられたかもしれないのに」

「そんな……私は、純也さんが官僚の道を選ばなかったら、看護師になってなかったかもしれないよ。純也さんがきちんと未来を見据えているのを尊敬して、私も自分に誇れる仕事がしたいって思うようになったんだから」

わかってるよ、と言いながらも、純也さんは、拗《す》ねて甘える子どもみたいに鼻先を首に擦りつけてきた。可愛いと言ったら怒られるかもしれないが、なんだか撫でてあげたい気分になる。

「無理に辞めさせたら、私に嫌われるって思った、とか？」

「違う。ふゆが俺を嫌うなんてあり得ない」

とんだ自信家だ。けれど、たしかに彼を嫌う自分なんて想像できない。

もし彼が、唯野さんと不倫関係にあったとしたらどうだっただろうか。それでも私は、純也さんを嫌いにはなれない気がする。絶対に許さないだろうけど。

「お前がそう望んだからだろ。辞めたくないって言ったからだ。俺がふゆの願いを叶えないことがあったか？」

「看護師になりたいって言った時も、応援してくれたね」

ようやく腕が解放される。純也さんはベッドから下りて部屋の鍵をかけに行った。

そしてもう一度ベッドに上がると、今度は私の隣に横になり包帯の巻かれた頭に口づけてくる。

私はそのまま腕を伸ばし純也さんの背中に抱きついた。

「ふゆ、俺がどれだけお前を愛してるかわからせてやる。惑わされるなよ。お前は俺だけ見ていればいい」

純也さんが私のトップスを捲《めく》り上げてくる。そこではたと気づいた。

「ま、待って！　私昨日もお風呂入ってないし……それに、ここ実家だよっ⁉」

「俺が全身舐《な》めて綺麗にしてやるよ」

彼はペロリと舌を出して唇を舐《な》めた。

嬉々としてトップスを脱がしてくる純也さんは、こうなったら止まらない。私は諦め交じりのため息を漏らし身体から力を抜いた。

純也さんの唇が頬から首筋に動かされる。さらさらの髪が首筋に触れて、くすぐったさに声が漏れた。

「ん……っ」

喘《あえ》ぎにも似た鼻にかかった声が純也さんの官能を煽《あお》ったらしく、カプリと首を噛まれた。

「ふゆ『お願い』しろよ。お前がしてほしいことをしてやるから。もっと、俺を欲しがって。縛ればいい。ふゆには俺しかいないんだってわかるように」

官能的な声色で耳元に囁《ささや》かれて、背筋が震える。

頭の芯がぼんやりして、身体の奥がどうしようもないほど疼《うず》いた。

彼に抱かれるようになってから、一人寝の夜が寂しくて堪《たま》らない。抱いてほしいと思ったことも何度もある。離れて生活していた時より顔を見られる日は各段に多いのに、どんどん欲張りになっていくみたいだ。

「して、ほしいこと……」

身体中の血液が沸騰しているかのように、全身が熱くなる。顔も首も真っ赤に染まっているに違いない。

「たくさん、愛して、ほしい」

「俺に抱かれたい？」

「うん」

そう告げた唇は羞恥《しゅうち》に震えていた。小さな声ではあったけれど、たしかに純也さんには届いたらしく、彼が嬉しそうに顔を綻《ほころ》ばせた。

「傷、開かないようにしないとな」

繋いだ手は熱かった。この熱を放出する方法は一つしかないと知っている。私は彼の想いに応《こた》えるように手を握り返した。

「お前から、キスして」

彼の顔が近づいてきて、唇が触れる寸前で止まった。

私は純也さんの頭を引き寄せて唇を重ねる。舌が絡みくちゅんと濡れた音が響くと、途端に不安になってきた。

「待って」

流されそうになって、はたと気づく。

階下からお母さんがパタパタと歩く音が時折聞こえてくるのだ。いくら鍵をかけたとはいえ、落ち着いて肌を重ねていられるはずはない。

「まだ昼だし、お母さん来たら……」

「眠ってるふりをすればいい。べつに俺はばれてもいいけどな。夫婦なんだから」

「やだよっ」

それでも、彼と抱きあいたいという思いは一緒だ。

「いつもみたいな無理はさせないから」

懇願《こんがん》するように言われたら、私に抗《あらが》えるはずもない。

恥ずかしさを押し殺して、彼の背中にしがみつきながら口づける。

「俺は、ふゆしか見てない。だからふゆも、俺の言うことだけを信じろよ」

「うん」

触れあうだけの口づけはすぐに深くなり、彼の大きな手のひらが、ブラジャーの隙間から差し入れられた。

胸の膨らみを掴んで揺さぶられると、全身が甘く痺《しび》れて腰から疼《うず》くような快感が広がっていく。

「……っ、ん」

堪《こら》えきれず吐息が漏れる。きゅっと唇を噛みしめて耐えるが、いたずらに乳首を弾かれるとびくんと身体が震えてしまう。

純也さんは、そんな私の反応を楽しそうに眺めている。

「どうせパジャマに着替えるんだから、全部脱がしていいよな」

帰ってきた時のままの格好で寝入ってしまったため、スカートはしわだらけだ。純也さんは首からネクタイを引き抜き、ワイシャツのボタンを外していく。そして、私のスカートやストッキングを引き下ろして、ベッドの脇へ落とした。

毛布を身体にかけた純也さんがふたたび覆《おお》い被さってきた。いつの間にかスラックスの前が開いていて、彼の昂《たかぶ》った陰茎が足に押し当てられる。

「お前が大学生の頃、こっそりこうやってセックスしてたのを思い出したら、興奮した」

ふっと耳元で囁《ささや》かれて、かっと顔が紅潮する。彼がうちに泊まる時は、いつもこうして抱きあった。クローゼットを挟んだ隣がお母さんたちの寝室だから、声や音を立てないようにして。

「声を我慢してるふゆ、可愛いよな。気持ち良過ぎて泣きそうになってると、よけいに喘《あえ》がせたくなる」

「言わないでよ……恥ずかしい」

毛布の内側でブラジャーを下にずらし、乳首を弄《もてあそ》んでくる。きゅっと指先で摘まれて、指の腹で転がされた。徐々に勃ち上がってくる乳嘴《にゅうし》は赤く、誘うように膨らんでいる。

「ん、んっ」

声を上げられないと思うと、いつもよりも鋭敏に感じてしまう。

身体をくねらせると張り詰めたものが足に当たり、身体が燃え上がるように熱くなる。

「そうだな、まずはこっちを可愛がってやらないと」

「……っ」

ぴんと硬くなった乳首を弾かれて、じんと甘い痺《しび》れが迫《せ》り上がってきた。触られてもいないのに、中心が濡れてきた気がする。

毛布の中に潜《もぐ》り込んだ純也さんが、赤く実った胸の頂《いただき》を口の中に含んだ。熱い舌で舐《な》め転がされる感覚は、堪《たま》らなく気持ち良くて、声が我慢できなくなる。

「はぁっ……は、ん、あっ」

純也さんの身体に恥部を擦りつけるような動きで腰を浮かせた。とろとろに濡れた隘路《あいろ》が彼を求めて疼《うず》いている。

片方の手のひらで小さい乳房を押し上げられて、ねっとりと膨らんだ実を左右交互に舐《ねぶ》られた。腰を震わせるたびに陰唇が開き、愛液が溢《あふ》れだしてくる。

「ひ、あっ!」

ちゅうっと強く吸いつかれて、思わず甲高い声を上げた。しまったと口元を手で覆《おお》うと、膨らんだ乳嘴《にゅうし》を扱《しご》くように舌を動かされる。

「ふっ、ん、ん……だめ、だよっ……それ、声でちゃうっ」

「声、聞きたい」

かりっと歯を押し当てるようにして、さらに強い刺激を与えられた。純也さんのワイシャツをぎゅっと掴むが、やめるつもりがないのか、ちゅくちゅくと音を立てて乳首を舐《な》められる。

「はぁ……っ、あぁっ、だめ、だめだってば」

だめだと言いながらも声はどんどん甘さを増していく。手のひらで口元を押さえていても漏れでる声は抑えられない。ばれてはだめだと思えば思うほど感覚が敏感になっていく。

尖った乳首を舌先でつぅっと先端に向かって舐《な》め上げられると、空《から》っぽの隘路《あいろ》が切なげにひくつき、弄《いじ》ってほしくて堪《たま》らなくなる。

私は淫《みだ》らに腰をくねらせながら、彼のいきり勃った肉棒を足で擦った。

「もう、我慢できなくなったのか？」

そう囁《ささや》かれて、羞恥《しゅうち》で目眩《めまい》がしそうだ。

「あぁ、これが邪魔だな」

純也さんはしっとりと蜜を含んだショーツを取り払い、ブラジャーも外してしまう。そして、おもむろに身体を起こすと、張り詰めた屹立《きつりつ》を私の足の間へ滑らせた。

「じゅ、んや……待って。挿《い》れたら、声……我慢できない」

胸を弄《いじ》られるだけでもギリギリだったのだ。

彼のものを受け入れて、声を我慢できるとは思えない。ここ最近、毎日のように抱かれて、快感に慣らされてしまった私は、昔よりも感じやすくなっている。

「まだ、挿《い》れない」

身体にかかっていた毛布が剥《は》がされた。

純也さんはシャツの胸元を乱しているだけだが、私は完全に裸だ。

「俺に掴まって」

私は純也さんに腕を引かれて、身体を起こした。純也さんの膝の上に向かい合わせで座り、抱っこされている状態だ。

すると彼は私の腰を支えながら、膨らんだ亀頭を陰唇に押し当てる。そして割れ目に沿うように私の腰を上下に揺さぶってきた。

「はっ……ん、だめ、それっ、あぁっん」

さらに唇で乳首を挟み、くにくにと引っ張られて、下肢への愛撫《あいぶ》と相まって全身がいとも簡単に昂《たかぶ》ってしまう。

ぬるぬると愛液をかき混ぜるように蜜口を擦られるのが気持ち良くて堪《たま》らない。声を出したらだめだと頭ではわかっているのに、ぐちゅぐちゅと淫靡《いんび》な音が大きくなるにつれ、本能のままに乱れたくなってくる。

「あぁ……ふゆっ、気持ちいい」

純也さんも興奮しているのか、貪《むさぼ》るように乳首にしゃぶりついてくる。

張りだした先端で膨らんだ花芽をごりごりと擦り上げられ、ぬちゅ、ぐちゅっと腰の動きに合わせて愛液の弾ける音が室内に響く。

「はぁ、はぁっ、あ、あっ、それ、いいっ」

早く挿《い》れてほしい。中をいっぱいに埋め尽くし、擦り上げてほしい。

そんな淫《みだ》らな思いに駆られる。

「ベッド、汚さないから……足の間にかけていいか？」

私が頷くと、彼はしとどに濡れた秘裂で昂《たかぶ》った欲望を擦り上げ、下生えめがけて飛沫《ひまつ》を浴びせかけてくる。

「ふゆ……すごくいいよ。なぁ、お前の手でもう一度大きくしてくれ」

純也さんは興奮を隠しきれない様子で、私の手を取り、陰茎を握らせてきた。私の愛液でぐっしょりと濡れている陰茎を上下に扱《しご》くと、手のひらの中ですぐさま力を取り戻していく。

その間、彼は自分の吐きだした白濁を、私の陰唇に塗りたくっていた。

「はぁ、あ、あ……そこ、達《い》っちゃう……」

ぬちゅ、くちゃっと音を立てながら、激しく秘裂を擦られる。

セミダブルのベッドがギシギシと音を立てるが、階下に響くのを気にする余裕はすでにない。潤《うる》んだ膣部を指で突かれると、身体が燃え上がったように熱くなって汗が噴きでてくる。

「早く、純也っ、おねが……くるし」

私は彼の屹立《きつりつ》から手を離し、必死にしがみつきながら切羽《せっぱ》詰まった声で言った。すると彼は私を抱きしめながら後ろに倒れ、下からいきり勃った怒張を蜜口に押し当ててくる。

「あぁ、わかってる。でも、お前はあまり動くなよ」

腰を突き上げられて、ぬるりと陰唇を滑る屹立《きつりつ》に隘路《あいろ》が押し広げられる。

私はここが実家の部屋であることも忘れ、純也さんの胸に顔を埋《うず》めながら喘《あえ》いだ。

「ひ、あぁぁっ」

硬く張った欲望に満たされ、全身が激しく波打つ。

蠢《うごめ》く媚肉をゆっくりと擦り上げられ、彼の形に広げながら最奥《さいおう》めがけて穿《うが》たれる。

「あ、ま、待って……達《い》っちゃったの、お願い、待って……ん、あぁっ‼」

「挿《い》れただけで達《い》ったのか？　中、すごいぬるぬるになってるな」

羞恥《しゅうち》で目に涙が浮かんでくる。切なげな声を漏らし懇願《こんがん》するが、敏感な身体をさらに追い詰めるべく彼が抽送《ちゅうそう》を始めた。

「やっ、まだっ……あぁぁっ、だめぇっ……ん、んんんっ！」

次の瞬間、唇が塞がれる。そして上下に腰を揺らされ、ぬちゅ、ぐちゃ、と卑猥《ひわい》な音を立てながら昂《たかぶ》った屹立《きつりつ》で濡れ襞をかき混ぜられた。

子宮口まで届きそうなほど深いところに彼がいる。

どくどくと脈打つ欲望が抜き差しされて、絶頂で敏感になっていた身体をさらに追い詰めていく。

「ん、ん……はぁっ、む、んっ！」

あらゆる角度で腰を押し回されて、弱い部分を擦られる。唇が塞がれているせいで息が苦しい。

シャツを掴んで耐えていると、彼は腰を捻《ねじ》り込みながら恥骨でぐりぐりと花芽を押しつぶしてきた。

彼の吐きだした精が潤滑剤《じゅんかつざい》になり、互いの肌がぬるりと滑る。

「はぁ、ん、あぁっ！」

堪《こら》えきれずに、激しく身体を戦慄《わなな》かせてまた達する。悲鳴のような嬌声《きょうせい》は、純也さんの唇の中に呑み込まれた。頭の芯が焼き切れ目の前が真っ白になる。唇を塞がれているからよけいにくらくらしてきて、意識を失ってしまいそうだ。

「………っ!!」

全身を強張《こわば》らせ背中が弓なりにしなる。びくびくと身体を震わせて、張り詰めた怒張を無意識に締めつけてしまう。

「そんなに、締めつけるな……っ」

「はぁ、はぁ……」

一気に脱力し、四肢から力が抜ける。純也さんの胸にくたりと身体を預けて、シャツを掴んでいた手を離す。艶《なま》めかしい息を漏らしながら過ぎゆく快感に耐えているうちに、蜜襞の中で彼のものが激しく脈動し熱い飛沫《ひまつ》を噴き上げた。

腹の奥へと注《そそ》ぎ込まれた迸《ほとばし》りの熱を感じて、心が満たされていく。

「はっ、搾《しぼ》り取られたな」

純也さんが汗ばんだ黒髪をかき上げる。達した余韻でうとうととしてきた私が目を瞑《つむ》ろうとすると、彼がふたたびゆるゆると腰を動かしてきた。

「あっ、ん……なんで」

達したばかりの純也さんの欲望は、あっという間に勢いを取り戻し身体の奥で脈打っている。

「もう無理か？　頭、痛い？」

「ううん。そんなに……痛くないけど」

純也さんは気遣うような目で私を見上げて聞いてくる。

実を言うと怪我をしたことすら忘れていたくらいだ。傷口の痛みよりもはるかに、彼と繋がった部分がじんじんと疼《うず》く。

「悪い、一回で終われない」

ほんの少し身体を揺らすだけで、滾《たぎ》った陰茎で蜜襞が擦られて甘い痺《しび》れをもたらす。愛されることに慣れてしまった私の方が、もどかしさで苦しくなってくる。

「それに……まだ時間もあるからな」

「時間？」

「ここがどこだか忘れたか？」

純也さんに言われてようやく、私はここが自分の部屋であることを思い出した。そして階下にはお母さんがいることも。

「ど、どうしよう……聞こえてたよね」

慌てふためく私とは異なり、純也さんは至って冷静だ。

私が不満も露《あら》わに睨《にら》みつけると、軽いキスで唇を塞ぎながら、彼はいたずらが成功したように笑った。

「お義母《かあ》さん、さっき会った時買い物に行くって言ってたぞ。鍵をかける音が聞こえたから、しばらく帰ってこない」

腰を緩やかに動かされているうちに、ふたたび重苦しいほどの愉悦《ゆえつ》が迫《せ》り上がってくる。「なぁ、いいだろ?」そんな風に囁《ささや》かれたら、純也さんに身体を預ける以外私にできることはない。

雄々《おお》しい昂《たかぶ》りが最奥《さいおう》に到達すると、腰を支えていた手が臀部《でんぶ》を妖《あや》しく撫で回す。結合部に近い部分を撫でられているだけなのに、切ない疼《うず》きが生まれ、うねる媚肉が陰茎を締めつけた。

私の怪我を気遣ってくれているのか、焦《じ》らすようにゆっくりと最奥《さいおう》を穿《うが》たれる。じっくりと中を味わうような動きで突き上げられる。

「あぁぁっ、純也……っ、好き」

私はよがり声を上げながら、何度目かの絶頂の波に呑まれていく。

熱い塊《かたまり》が自分の中で動き回るたびに、すべてが彼の色に染められていくようで、彼と自分の境界がわからなくなる。

「ん、あぁっ、あっ、気持ちいい……もっと、もっとして」

臀部《でんぶ》に触れる大きな手のひらも、熱を持ち汗ばんでいた。肌と肌を合わせて、私の下で揺れ動く純也さんの額《ひたい》には汗が滲《にじ》んでいる。

「ふゆ……っ」

愛している、と耳元で囁《ささや》かれて、私は純也さんの言葉で真っ白な世界へと堕ちていった。

一時間ほど睦みあった後、私はいたたまれなさを感じつつ、純也に身体を拭いてもらった。

きちんとパジャマに着替えた私は、元通りベッドの住人だ。

純也はジャケットだけ脱ぎ、ワイシャツとスラックスで私の隣に横になっている。

「そういえば、今日出勤だったんだよね？　今さらだけど、仕事平気なの？」

「あぁ、急遽《きゅうきょ》休みにしてもらった。ふゆをマンションに送り届けたら、戻るつもりだったけど、病院から電話があった時点でなんかおかしいと思って」

マンション、という言葉に唯野さんが部屋の様子を知っていたことを思い出した。

部屋の中を見られているのではないかという恐怖から、マンションに戻るのを躊躇《ためら》ってしまう。

「ねぇ、唯野さん……私たちの部屋に入ったことがあるようなこと言ってた。ベッドのシーツの状態とか知ってるみたいで、もしかして盗聴とか盗撮とか、されてたりしないかな」

なぜ彼女が、部屋の中を知っていたのか。

まさか……合い鍵を勝手に作ったとか？

そんな常軌《じょうき》を逸《いっ》した考えが頭に浮かんで、背筋が寒くなる。

彼は私の隣に寝転びながらふわっとあくびをしつつ、落ち着き払った声で「あの部屋は、そんなにセキュリティが緩くない。お前、騙《だま》されたんだよ」と言ってきた。

「ふゆ、コールドリーディングって知ってるか？」

私が首を傾げると、話術の一つなんだけどな、と彼が説明を始める。

「相手の反応を見ながら、具体性があるように見せかけた言葉をかけていくんだ。よくよく考えると誰にでも当てはまる内容なのに、言われた方は占いと一緒で、具体性のある自分の体験を思い浮かべてそれに当てはめ、信じてしまう」

そういえば私は、唯野さんの前で自分からぽろぽろと情報をこぼしていたかもしれない。

作りかけの料理がそのままなこと。卵を買い忘れたこと。おそらく几帳面《きちょうめん》な性格だとは思われなかっただろう。

「シーツが乱れてたって……私、部屋の中を見られたことがあるのかと思った。忙しい時なんか、ベッドをそのままにしてるし」

「唯野はふゆを知っていた。俺の妻で看護師をしている。その情報だけで十分だ。そもそも俺が、ふゆと住む部屋に、ほかの女を入れるわけない」

「純也……ワイン好き？」

「べつにどっちでもないな。日本酒の方が好きだって知ってるだろ？」

「だよね……あぁ～私本当に騙《だま》されてたんだ。どうしよう、振り込め詐欺とか簡単に引っかかりそうだよ」

私と純也が一緒に暮らし始めたばかりだから、カマをかけられただけだ。

彼との関係を仄《ほの》めかし私の不安を煽《あお》って、あたかもそれが事実であると信じ込ませるように仕向けられていたらしい。ふつふつと悔しさと怒りが湧き上がってくる。

「もう大丈夫だ」

「え……？」

「登録以外は着拒にしただろ？　あの女がお前に連絡してくることは二度とない。それに、このまま済ますつもりもないからな」

「純也？」

彼の声が、必死に怒りを押し殺しているように聞こえるのは気のせいだろうか。

私はどこか張り詰めた空気をまとう純也の名前を呼んだ。

私と目が合うと、いつもと変わらない穏やかな顔がそこにある。彼は、茶化すような口調で言葉を続けた。

「お前、ようやく俺の名前を呼ぶのに慣れてきた？」

「純也さんの方がよかった？」

私は指摘された恥ずかしさのあまり、つい唇を尖らせて可愛くないことを言ってしまう。大人になってから呼び方を変えるのはなかなか難しいのだ。

「いや、嬉しい」

ひょいと身体を起こした純也は、部屋の空調をつけたまま窓を開けた。もわっとぬるい空気が入り込んでくる。しばらくそうして室内の空気が入れ替わった頃、窓を閉めた。

「そろそろお義母《かあ》さん帰ってくる頃だろ。飯食えるか？」

窓からお母さんが帰ってくるのが見えたのか、それからすぐ玄関が開けられる音がして階下から「ご飯どうするのー？」と声が聞こえた。

「うん、安心したらお腹空《す》いた」

「じゃあ、頼んでくる」

「ありがとう」

純也が部屋を出ていくと、急にまた眠気がやってきた。

現役警察官と同じだけの体力は私にはない。先ほどの行為で疲れ切っていた私は、まぶたを閉じるとすぐに眠りに落ちた。

純也に起こされたのはそれから一時間後。すっかり昼食の準備が整った後だった。

＊＊＊

夜九時を過ぎた頃。

俺はふゆが寝入ったのを確認して、一階へと下りた。

頭に包帯を巻いたふゆの姿は痛々しくて、あの場にいたのに守れなかった自分への苛立ちが募《つの》る。

髪に隠れて傷は見えなくなるだろうが、ふゆが望んでいないとわかっていても、怪我をさせた相手を同じ目に遭わせてやりたいと思う俺は、警察官失格なのかもしれない。

そして、唯野のくだらない恋愛感情によって、ふゆの心が傷つけられた。それも俺が甘かったせいで。俺をそういう目で見ているのは気づいていたが、どうでもよくて気にもしなかった。

だが、ふゆの涙に濡れた頬を思い出すと、後悔に苛《さいな》まれる。

「あら純也くん、今日は泊まっていかないの？」

お義母《かあ》さんは、当たり前のように俺の泊まる準備をしてくれたらしい。

「やらなきゃいけないことがあるので。一度職場に戻ってから、また来ます」

「こんな時間からっ？　大変ねぇ。じゃあ、鍵を渡しておくわ。私、明日朝早いから、先に休むわね。チャイムは鳴らさなくていいから」

合い鍵を受け取り、ポケットに入れる。

「純也くんは相変わらずね。昔っから、ふゆが一番。そこまで娘を大事にしてくれるのは嬉しいけど、あなたもちゃんと休まなきゃだめよ？」

「……はい。すみませんが、ふゆをお願いします。明日、マンションに連れて帰りますから」

俺は赤石家を出て、途中でタクシーを拾い署に向かった。

「このままで、済ますつもりなんてないんだよ」

後部座席で物騒な物言いをする俺に、タクシーの運転手がぎょっとした顔をする。一刻も早く下ろしたいと思っているのか、車のスピードが上がった。

証拠はいくらでもあるし、やりようもあった。

俺は署に着くなり、嫌がらせ電話の音声が録音されたデータと、覆面パトカーに搭載されたドライブレコーダーの映像を証拠として被害届を出した。

今朝の映像を確認すると、ドライブレコーダーにふゆとのやりとりが残っていた。唯野は「電話でも、そう言ったでしょう？」とはっきり電話をかけたのが自分であると言っている。

それに、何日か遡《さかのぼ》れば、俺にアプローチをかけているところもドライブレコーダーに記録されているはずだ。ふゆに対して嫌がらせをする動機として十分だろう。

『松坂課長代理に、どうしても会って話したいと言っていまして……』

唯野から事情を聞いた警察官からの連絡に「こちらは会うつもりは一切ない」と返した。冷静でいようと努めてはいたが、今、唯野に会ったら自分がなにをするかわからないからだ。

俺としては、ふゆの前から消えてくれればそれでいい。あの女のために時間を使うことより、ふゆと過ごすことの方がよっぽど大事だ。

深夜というより明け方に近い時間に俺が赤石家に戻ると、皆寝入っているのか室内はしんと静まり返っていた。音を立てないように階段を上がり、そっとふゆの部屋のドアを開ける。

ベッドの端に腰かけて、月明かりに青白く映るふゆの頬を撫でた。

「ん……純也……？」

ふゆがうっすらと目を開けて俺を見つめた。

「ごめん、起こしたか」

「なんで……スーツなの？」

ふゆは大きな目をぱっちりと開けて驚いた顔をした。早い時間から眠っていたためか、すっかり覚醒してしまったらしい。

「ちょっとやることがあったから、署に行ってたんだよ。まだ早いからもう少し寝てろ」

「起きちゃったよ。純也こそ寝ないと。あ、お腹空《す》いてない？　なにか作ろうか？」

「いや、いいよ」

身体を起こそうとするふゆを押し留めるべく、俺はベッドに上がりふゆに覆《おお》い被さった。そのまま抱きしめると、宥《なだ》めるようにぽんぽんと背中を叩かれる。

「ごめんな……傷が残らないといいけど」

「純也のせいじゃないってば。傷が残ったとしても、髪の毛で隠れるから平気。それとも純也は、私に傷があったら嫌いになる？」

「なるわけないだろ。冗談でも言うなよ。ただ……俺の知らないところで、お前が傷ついたり、我慢したりしてるのが嫌なだけだ」

家族を……妻を守れなかったことが悔しい。消毒液の匂いがするふゆの頭に唇を寄せて、俺はつい後悔を口にしてしまう。

布団ごと強く抱きしめると、ふゆも背中に回した手に力を入れてきた。

「私って、すごく愛されてるんだね。なんかびっくりした」

「今さらなに言ってんだ」

しみじみと言われて、驚いたのはこっちだ。

「小さい頃から、大切にされてるのはわかってるの。でも、心配性だなとか、過保護だなって思いの方が強かったから、嬉しかった。愛されてるのもわかってるし、純也のことも信じてるよ。ただ、なんか……やっとね、実感した。私たち結婚したんだ、夫婦なんだって。本当に今さらだよね」

そう言って、ふゆはクスクスと笑い声を上げた。

仲のいい幼馴染《おさななじ》みから恋人へ、そして夫婦へ。その境界線は非常に曖昧《あいまい》だった。

ふゆにしてみれば、夫婦になってから五年も離ればなれで、月に一度顔を合わせるかどうかだった。そんな状況で、夫婦である実感など得られるはずがない。

俺だって、いまだ朝起きてふゆがそばにいることに、感動を覚えるくらいなのだ。

ふゆを自分に繋ぎ止めておきたくて結婚を急いだのに、夫として、俺はなにをしてやれていたのだろう。不安にさせて傷つけたくらいしか思い出せない。

それでも、真っ直ぐに俺を愛してくれているふゆを今度こそ守りたい。誰にも傷つけられたくない。

ふゆを抱きしめていると、温もりのせいかまぶたが重くなってくる。あくびをして身体から力を抜くと、ふゆが俺の髪を梳《す》いてきた。

「ジャケットくらい脱がないと、しわになるよ」

そう言いながらもふゆは俺の頭を撫でるのをやめない。

「脱がせて」

「じゃあ、離して」

「嫌だ」

ふゆが腕の中で身動《みじろ》いだ。

俺が腕の力を強めると、ふゆは諦めたように布団をかけてきた。

「おやすみなさい、旦那様」

こちらが身悶《みもだ》えてしまうくらい可愛い台詞《せりふ》を聞きながら、俺はゆっくりと眠りに落ちていった。

第五章　幸せがやってくる

季節は本格的な夏に入り、純也との結婚生活も順調だ。

私への嫌がらせと純也への行き過ぎた態度により、どうやら唯野さんは地方の免許センターへ異動になったらしい。彼女には私への接近禁止命令も、あわせて出されたそうだ。

事情聴取の際、彼女は頑《かたく》なに私への嫌がらせを認めなかったという。だが、電話の音声と唯野さんの声が同一人物であると認められたため、異動命令が下ったのだとか。

私はといえば、転んで切った患部はすっかり良くなり、短くなった髪の毛に違和感はあるものの、いずれ伸びれば元通りだ。

純也は、私の包帯を替えるたびに後悔を口にするが、この怪我は本当にただの事故だ。彼のせいではない。

唯野さんと会うことはなくなり、ようやく平穏な日々が戻ってきた気がする。

そして今日は、久しぶりに二人の休みが重なった。

私は普段できない場所の掃除をして、布団を干し、洗濯をする。その間に、純也は買い物に行っていた。

「あ、そろそろ洗濯物が乾いたかな」

言いながら立ち上がるが、なぜかいつもより身体が重い。

(風邪かなぁ……純也に移したら大変)

熱は平熱より少し高いくらいで、身体に感じる不調は「だるい」という程度のことで頑張れば動ける。私は念のため、常備している救急箱からマスクを取りだしてつけた。

なんとか洗濯物を片付け終えて、ソファーに横になって彼の帰りを待っていると、買い物袋を持った彼がリビングに入ってくる。

「おかえりなさい」

「どうした、ふゆ。体調が悪いのか?」

一度座ってしまったからか、立ち上がるのが億劫《おっくう》で、ソファーに横になったまま純也を見上げる。

私の異変をすぐさま察知した彼が、額《ひたい》に手を当ててきた。

「熱はないな……いつもよりちょっと熱い気がするけど」

「どうしてわかるの?」

「ふゆを抱いて寝てるから。生理前はいつも体温が高い。でも、けっこうしんどそうだな。病院に行くか?」

「ううん。ほんとに、ちょっとだるいだけなの。少し寝ててもいい?」

動けと言われれば動けるけれど、今日はやたら眠くて仕方がない。ふわっと小さくあくびをすると、純也がブランケットを持ってきてくれた。

「明日、仕事が休みでよかったな。とりあえず夕飯ができるまで寝てろ」

「ごめんね、せっかくの休みなのに」

「そういう遠慮はするなよ。俺だって風邪を引いたら、ふゆに看病してもらうんだから。ああ、その時は、看護師の制服着て身体を拭いてくれ」

冗談めかして純也が言うが、私を見つめる瞳は真剣そのものだ。

「いいだろ？　俺だけの看護師さんになって」

そう言って私の額《ひたい》に口づけると、彼はブランケットの上から腰の括《くび》れを撫でてくる。

彼から向けられる情欲にいつだって胸が高鳴る。

「昔ね、本当にそう思ってた。高校生の時、私が看護師さんになったら……純也が風邪引いた時に看病してあげられるって」

「へぇ、じゃあ風邪引こう」

純也が私の髪を撫でながら呟いた。

「検温して、膝枕して……制服着たまま、俺のを中に欲しくないか？」

目が合って魅惑的な笑みが向けられると、私の身体は純也の言葉一つでいとも簡単に火を灯してしまう。

「知らないっ！」

卑猥《ひわい》な言葉を耳打ちされて顔が火照《ほて》ったように熱くなる。私はブランケットを頭から被って、狸《たぬき》寝入《ねい》りを決め込んだ。

ブランケット越しに純也が笑ったのがわかった。頭をぽんと叩かれて、足音が離れていく。

あんなことを言われたら想像してしまう。制服でなんてまったくもうと呆れながらも、ほんの少し期待してしまう自分もいた。

（ち、違う……期待してないっ）

グルグルと卑猥《ひわい》な想像ばかりが頭の中を駆け巡《めぐ》る。

眠ってしまえと、目を瞑《つむ》りながら純也が動く音を聞いていると、うつらうつらし始めて、気づけば眠りに落ちていた。

「ん……ぅ」

部屋の中に漂《ただよ》う料理の匂いで一気に覚醒した。

いい匂いのはずで、べつに不快感を覚えるものではなかったのに、なぜか胃がムカムカして仕方がない。

私は身体を起こすと、胃のあたりを摩《さす》りながら首を傾げた。吐くほどのことではないが、胃の不快感が消えない。食あたりでも起こしたのだろうか。

「ふゆ、起きたのか？」

「あ……うん。ごめんね、全部やらせちゃって」

「辛そうだな」

純也が心配そうにソファーに近寄ってきて、もう一度額《ひたい》に手を当ててくる。私が胸の下あたりを摩《さす》っているのを見て「痛いか？」と聞いてきた。

「痛いわけじゃないんだけど……ちょっと気持ち悪くて」

「お粥《かゆ》でも作るか？」

「いいよいいよ。せっかく作ってくれたんだし、お味噌汁だけ食べようかな」

正直食欲はなかったが、純也が作ってくれたものを残すのは気が引ける。

ブランケットを畳んで寝室に戻しに行くと、戻ってきた時には、私の分の味噌汁がカウンターの上に用意されていた。

純也の席には、野菜炒めとご飯、味噌汁が置かれている。

「ありがとう。いただきます」

二人で手を合わせて食事をするものの、お椀を持ち上げて味噌汁の匂いを嗅いだ途端、先ほどの胸のむかつきがふたたびやってくる。手に持っていたお椀をカウンターに戻して、口元を押さえた。

麦茶を飲み干すことで不快な胸のむかつきは落ち着いたが、味噌汁を食べる気にはなれなかった。

「やっぱり、これから病院に行ってみよう」

純也の声色は心底案じてくれているようで硬かった。

「食あたりだったら胃薬を出される程度だから、明日行ってみるよ。ごめんね、お味噌汁食べられなそう……」

「そんなのは気にしなくていいから。もう休め」

「うん」

純也は自分の食事を中断して、私の身体を支えてくれようとする。私はそれを「大丈夫」と言って断り、パジャマに着替えて寝室のベッドに横になった。

キュルキュルとお腹が音を立てる。お粥《かゆ》やうどんより、惣菜パンとか、フライドポテトとかが食べたい気分だ。

(なんだかなぁ……)

もし感染症の類《たぐ》いなら仕事には行けない。

明日起きて治っていれば心配ないと思うけれど、念のため病院に行ってみよう。

でも、仕事が休みの日に、わざわざうちの病院に行きたくはない。

私はスマートフォンで近くの内科を調べると、明日の予定を立てた。

翌日――

「本当に一人で大丈夫なのか?」

仕事を休もうとする純也を宥《なだ》めて、昨日から何度目かの「大丈夫だから」を口にする。どうしても味噌汁は受けつけなくて、せっかく作ってくれたのに食べられなかったものの、空腹は感じていたため朝食のパンは二つも食べてしまった。

「ほら、早く行かないと間に合わなくなっちゃうよ」

「なにかあったら、絶対に連絡しろよ」

「わかった。いってらっしゃい」

今日はキスはだめだと言っていたのに、純也が顔を近づけてくる。万が一風邪だったら移ってしまうと、慌てて手のひらを唇の前に持ってくるが、腕を掴まれて強引に唇が重ねられた。ふわりといつもの彼の体臭が香り離れがたくなる。

「行ってきます」

やはり嬉しいものは嬉しくて、つい口元が緩んでしまった。

「病院行く前に片付けなきゃ」

純也を見送って、食器や洗濯物の片付けに取りかかる。今は特に具合が悪いわけではない。もしかしたらここ数日、寝不足で疲れていただけかもしれない。

(だって、一昨日《おととい》……なかなか寝かせてくれなかったし……)

皿を洗いながら、頬がかっと熱くなる。

私が次の日休みだとわかっていると、純也は遠慮がなくなるらしい。結果、夜から朝方にかけて濃密な時間を過ごすことになる。

かといって、次の日が仕事の時はなにもしないかというとそうでもないので、これは純也に蓄積された五年分の想いの表れなのかもしれない。

最近はもう本能のまま……というか、思い出すのも恥ずかしい。翌日に純也の顔を見られなくなるほどに、甘やかされ愛されている。

「あ、洗濯終わった……干さなきゃ」

煩悩《ぼんのう》を振り払って、家事に集中する。

洗濯物をハンガーにかけながらくんくんとシャツに鼻を寄せて匂いを嗅ぐ。彼の匂いというより、柔軟剤の匂いがして、いささか残念な気分になる。

（ん、あれ……？）

いつもと同じ柔軟剤を使ったはずなのに、匂いが違うように感じた。もう一度鼻を寄せてみても、やはりいつもと違う。

（間違えてべつの柔軟剤買っちゃったかな……）

洗面所で柔軟剤のボトルを確認したが、パッケージは昨日と同じだ。まさか腐るわけもないしと鼻を近づけると、濃い柔軟剤の香りがして吐き気に襲われた。

「う……なにこれ……やっぱり違う？」

首を傾げながらも、時計を見るとすでに八時半。柔軟剤を元の場所にしまい、急いで洗濯物を干した。

「そろそろ受付始まるかな……急ご」

出かける準備をする頃には九時近くになっていた。

近所にある内科は幸い待っている人も少なく、すぐに診てもらうことができた。

「胸のむかつき……ですか」

「はい。吐くまでには至らないんですけど……昨夜、お味噌汁の匂いで気持ちが悪くなってしまって。傷んでいるとかじゃなくて、いつもと違うような匂いがして」

「ご結婚されているんですね……妊娠の可能性はありませんか？」

医師が女性に聞く当たり前の質問に、私は鳩が豆鉄砲を食らったような顔になってしまった。

むしろ、どうしてそれに思い至らなかったのかと、軽くショックを受けたくらいだ。

「あっ、あります……ね」

まさかこんなに早く授かるとは思ってもみなかった。ちゃんと調べてみないとわからないというのに、すでにジワジワと喜びが湧き上がってくる。

涙ぐんだ私に、医師はショックを受けていると勘違いしたようで、「もし妊娠しているなら、ご主人とよく話し合われてください」と告げられた。

「薬は出さないでおきます。検査薬を使って、陽性の場合は産婦人科を受診してください」

「わかりました。ありがとうございます」

診察室を出て会計を待つ間も、私の頭の中には妊娠という言葉が踊っていた。

看護師の仕事は激務だが、妊娠中でも働いている人は大勢いるし、むしろ病院内だからこそ安全でもある。出産後に戻ってくる人も多い。

すでに自分が妊娠していると確信している。きっとそうだ、と完全に浮かれてしまっていた。

しかし、勢いのまま純也に言うわけにはいかない。きちんと検査をして結果を見てからだ。

病院の帰り、スキップしそうになるのをぐっと堪《こら》えて、薬局で妊娠検査薬を購入した。気が急《せ》いてしまい、店のトイレを借りて検査薬を試すと結果は思った通り陽性。

(ここに、赤ちゃん……いるんだ)

嬉しくてふたたび涙ぐんでしまう。いつまでも店のトイレを占領しているわけにはいかず、検査薬を持って外に出ると、近くにいた客にギョッとされてしまった。

（泣きながら女の人がトイレから出てきたら、びっくりするよね……）

時間的に、まだ午前中の診療は終わっていないはずだ。近くの産婦人科医院を調べて、私はそのままの足で向かうことにする。

少子化が嘘ではないかと思うほど、産婦人科は混みあっていた。

問診票に記入を終えて、つい先ほどトイレに行ってしまったため、尿検査を後にしてもらうよう伝える。

幸い診察はすぐに呼ばれ、内診台に上がる。健康診断で婦人科にかかった経験はあるが、妊娠の有無《うむ》を調べてもらうのはもちろん初めてだ。

「じゃあ、ちょっと診ますね」

経膣超音波検査が行われ、医師が患者から見えるモニターにエコー写真を映してくれた。

「妊娠してますね。ほら、もう赤ちゃんの心拍も確認できますよ」

ドクンドクンという命の脈動する音が耳に届くと、なんだかとても愛おしいような気持ちが芽生えてくる。

（妊娠……してた……っ）

私のお腹の中に、純也との子どもがいる。それが泣きたくなるほど嬉しい。

「妊娠八週目くらいですかね。次の診察は四週後の来月で。この後、血液検査だけさせてもらって、結果が出たら、また診察にお呼びしますので外の待合室でお待ちください」

「はい」

エコー写真を渡された手が、震えそうになる。

純也に早く連絡をしないと、と思う反面、仕事の邪魔はしたくない。胎児の心拍が確認できるということは、今のところ母子共に問題ないということだ。

(今日、早く帰ってこないかな……)

エコー写真をスケジュール帳の間に挟んで、胸に抱えた。

去年、産婦人科での研修も受けたので、妊娠についての知識もそれなりにあるのだが、いざ自分が妊娠してみると、ちゃんと産まれてきてくれるかという不安が大きい。

初期流産や子宮外妊娠で病院を訪れる患者が多くいると、産婦人科にいる同期の看護師が話していたのを聞いたことがある。

命を産むということは奇跡なのだと感じたのだが、こんなに早く身をもって体感することになるとは思ってもみなかった。

血液検査を済ませると、特に感染症の疑いもなかったことに安堵した。次の予約を取って、病院を出る。

いろいろ手続きを済ませて家に帰ってきたのはもう夕方で、全身がだるくて仕方がない。

昨日感じた体調不良は、おそらく悪阻《つわり》だったのだろう。

(なんで……気がつかなかったんだろ……)

悪阻《つわり》の症状は人それぞれだ。起きられないくらい嘔吐《おうと》してしまう人もいるし、まったく症状の出ない人もいる。

私は少しだるさを感じたくらいだったから、今日内科で「妊娠の有無《うむ》」を聞かれなければ、すぐには気づけなかったかもしれない。

ご飯の準備をしなければと思うのに、動く気が起きない。仕方なく、夕食を作れないから惣菜を買ってきてと純也に連絡した。

ソファーでうつらうつらしていると、電話の音が聞こえて目を覚ます。スマートフォンを探して、寝転がったまま電話に出ると、心配そうな声が耳に響いた。

『ふゆ、病院は行ったのか？』

「うん」

『飯買って帰るけど、どんなものなら食べられそうだ？』

「なんだろう……サンドイッチとか、フルーツとか、ヨーグルト……かな。ご飯、作れなくて……ごめんね」

『気にしなくていい。すぐ帰るから、ちゃんと寝てろよ』

「ありがとう」

電話が切れて、洗濯物を取り込んでいないことに気づいた私は身体を起こした。

洗濯物を片付けて純也のワイシャツにアイロンをかける。

しわ一つなくパリッとしたシャツに彼が腕を通すところが好きだ。ふふっと笑いながら彼のシャツを胸に抱きしめると、寝室のドアの横で目を見開いている純也と目が合う。

「ただいま。なに可愛いことしてるんだ」

「おっ、おかえりっ！　なんでも、なんでもないから！」

夫のシャツを抱きしめて匂いを嗅ぐ妻なんて、完全に変態だ。思わず後ろ手に純也のシャツを隠すと、彼がこちらに近づいてくる。

「あ、アイロンあるから……危ないよ？」

「じゃあ、動くな」

観念して身体から力を抜くと、ふわりと純也の匂いが鼻を掠めて、広い胸の中に抱きしめられた。思わずすんと鼻を鳴らして彼の匂いを嗅いでしまう。

「純也？」

「ふゆ、ただいま」

「うん……おかえりなさい」

持っていたシャツを離し、純也の背中に腕を回した。抱きしめる力が強くなって、額《ひたい》や頬に口づけられる。

「テーブルの上にあったの……見た」

「あぁっ！」

すっかり忘れていた。役所からもらってきた母子手帳を出しっぱなしにしていたのだ。

「赤ちゃん、できた？」

私の身体を抱きしめたまま、耳元で囁《ささや》くように聞かれる。

純也の声がかすかに震えている気がして、顔を上げようとしたのに、どうしてか私を包む腕はますます強さを増した。

「うん。今、三ヶ月に入るところだって。気持ち悪かったの、悪阻《つわり》だったみたい……純也？」

「病気じゃなくてよかった……けど、ヤバいな、これ」

「……嬉しい？　パパになるの」

「嬉しいに決まってるだろ。風邪を引いたのかもって心配してたから、よけいに驚いて……寝てると思って寝室のドアを開けたら可愛いことしてるし……なんだよ、お前、俺を殺す気か？」

ようやく腕の力が弱まって顔を上げると、少し赤くなった目の純也が私を真っ直ぐ見つめてくる。

「私も……ちょっと泣いちゃった」

二人で顔を見合わせて笑った。

純也が買ってきてくれた夕食を食べながら、これから生まれてくる子どもについて話す。

「予定日は？」

「来年の二月だよ。今日は、近くの産婦人科で診てもらったんだけど、どうせだから職場で受診しようと思うんだ」

「うん。その方がいいだろうな。仕事はどうする？」

純也の目が辞めろ、と言っている気がする。

（そのうち、本当に家に閉じ込められそう……）

そんなことを思いつつ、それもいいかとどこかで考えてしまう自分もどうだろう。

「辞めないからね」

純也はそう言うと思っていたと、ため息をついた。

「わかったよ。でも、無理だけは絶対にするなよ」

私としては、なにかあった時に病院で働いていた方が安全という思惑があるのだが、そんなことを言ったら「危険があるのか」と本気で閉じ込められそうなので口を噤《つぐ》んでおく。

「うん……夜勤はしばらく入れないでもらおうかなって。日勤の方が人数も多いしね。あとはやってみないとわからないけど、うちの病棟スタッフ、育休明けて勤務してる人がけっこういるから、いろいろ相談してみる」

「ふゆが仕事を頑張ってるのは知ってるけど、俺は出産を代わってやれないんだから。辛いことがあったらすぐに言えよ」

「うん、頼り甲斐のある旦那様で嬉しい」

「あとは俺がやるから、ふゆは風呂に入ってこいよ」

「いいの？」

「もちろん。なるべく毎日早く帰ってくるようにするけど、仕事で二、三日帰れない時は、心配だから実家に泊まれよ？」

そう言ってバスルームまで見送られる。

病気でもないのに、今から至れり尽くせりの旦那様に笑ってしまった。

そして、あっという間に九月に入り——妊娠も五ヶ月目、ようやく安定期に入った。

この日、夕方四時に仕事を終えた私は、その足で産婦人科へ寄った。

初期流産もなく、順調にお腹の子が育ってくれていることに安堵を覚える。

幸いなことに職場は妊娠に理解が深い。周囲はもう何度となく経験していることだからか、夜勤シフトの変更もあっさり受け入れてもらえた。

健診後、お腹の子は健《すこ》やかに成長していると太鼓判《たいこばん》を押された。

総合受付で会計をしていると、予期せぬ人の姿をロビーで見つけて息を呑む。

(嘘、でしょ……どうして……唯野さんがここに……)

もう二度と会いたくなかった。会うことはないと思っていた。

私には近づいてこないはずだが、見つかりたくはない。彼女が気づく前に立ち去ろう。

私は怖《お》じ気づきそうになりながらも、距離を取りつつ病院の玄関へ向かう。だが、目ざとく私を見つけた唯野さんが、あろうことか近づいてきた。

「お久しぶり。妊娠したんですって？　おめでとうございます、奥様」

地方へ異動になったと聞いたのに、どうしてここにいるのか。そのうえ、私が妊娠したことまで知っているのはなぜだろう。

「ありがとうございます……」

一歩後ずさりながら、唯野さんを見つめる。偶然だろうか。けれど、彼女には接近禁止命令が出ているはずだ。たとえ偶然であっても私に話しかけていいはずがない。

彼女は相変わらず、どこに目を向けていいかわからない格好をしている。

胸元が大きく開いた半袖ニットの上に、膝上二十センチの丈の短いワンピースをあわせ、高いヒールを履いている。

「今日は……診察ですか？」

「ええ、産婦人科に」

「産婦人科？」

唯野さんは、得意げに髪をかき上げて言った。婦人科ではなく産婦人科。それもわざわざ今住んでいるところから遠く離れたこの病院に。それを信じられるわけがない。

私が働く総合病院は不妊治療への配慮として、婦人科と産婦人科で受付が分かれている。婦人科は子宮頸がんなどの健診や不妊治療を行っていて、産婦人科は主に妊婦健診や分娩だ。

（まさか、妊娠してるの……？）

正直、その格好でと思ったけれど、実際まだ妊婦の自覚のない患者さんは、ヒールを履いて病院に来る人も多かった。

もう純也のことは諦めた、ということだろうか。彼女の妊娠の可能性に私は幾ばくかの安堵を覚える。おそらく彼女の実家がこっちにあるとか、そういった事情だろう。

だが、彼女の目つきが、初めて会った日と変わらないのが気になった。

「じゃあ、私はこれで」

個人的なことを話すほどの仲ではないし、極力関わりたくないため、私は会話を終わらせ通り過ぎようとした。

「彼の子よ」

「は？」

いったい彼女はなにを言っているのだろう。

(彼の子って……純也のこと？　またそうやって、私を騙《だま》すつもり……？)

唯野さんとは同僚以上の関係はないとわかっている。まだ嘘をつき続けるのだろうか。

「今、七ヶ月なの。あなたたちが、まだ一緒に暮らしてない頃にできた子ね、きっと」

「そんなわけありません！」

彼女の下腹部を見たが、ワンピースを着ているため真偽の判断がつかない。七ヶ月ともなればもうお腹の膨らみがわかる頃だ。

でも、もう騙《だま》されない。一緒に暮らしていない間も、純也が私以外の女性を抱くなんてあり得ない。会えない間も、どれだけ彼に想われていたかを私は知っているから。

私のそんな気持ちに気づく様子もなく、唯野さんは話を続けた。

「あの日、彼……珍しくベロベロに酔ってて。ちょっと誘ったら乗ってきたわよ。奥さんとしてないから溜まってたんですって。男の人ってそういうとこあるわよね」

「純也はそんなこと絶対にしない」

「いい加減わからない？　遊び相手はあなたよ？　もういいでしょう、あの人を私に返して。あ、そうだ。赤ちゃんは順調に育ってるって、彼に早く教えてあげないと。この後会うことになってるの」

「あなたの言葉は信じられませんから」

「証拠もあるわよ？　ほら」

「……っ」

見せられた写真の中には、純也がいた。場所は分からなかったけれど、どこかのホテルの一室に見える。ベッドの上に横たわっている彼の胸元ははだけていた。

その隣には唯野さんが映っていて、彼の身体に巻きつくように腕を回している。そして首や胸元にはいくつもの赤い痕《あと》があった。

そして写真と一緒に鞄に入っていた母子手帳を見せられる。保護者の欄には、唯野さんの名前の下に、純也の名前が書いてあった。

（いったい、なんなの……っ）

そう口を開こうとした瞬間、ガッと腕が掴まれて顔を寄せられる。きつい香水の匂いに胃が締めつけられるような不快感を覚えた。

「あの人は私のものよ。絶対に渡さない。ねぇ、早く、子どもを堕ろしなさいよ」

胃から食べたものがぐっと迫《せ》り上がってくる感覚に、とっさに口元を押さえた。唯野さんの手を振り払い、トイレに駆け込んですべてを吐きだす。

口の中が気持ち悪くて、自分の吐瀉物《としゃぶつ》の匂いにまた吐き気が込み上げてくる。床に蹲《うずくま》り、目眩《めまい》のする頭を押さえると、生理的な涙が溢《あふ》れてきた。

「ヴ……ぅっ……え」

吐き気と貧血のような症状に酔ってしまい、天井がぐるぐる回って見える。

妊娠中はエストロゲンの増加によってホルモンバランスが乱れ、精神的に不安定になるのだ。教科書に書いてあることを考えながら、どうにか冷静になろうとした。けれど、恐怖に身体が竦《すく》んで動けない。

「大丈夫ですか……？　奥さん？」

扉の外からノックの音が聞こえてきて、私はびくりと肩を震わせる。吐くものもないのに、唾液だけがダラダラと溢《あふ》れてきて、えづきが治まらなかった。

「放っておいて、ください」

「えぇっ？　放っておけませんよ。ふふっ、流産したらどうするんです？」

私を心配なんてしていない、心底楽しそうな声で告げられる。

(写真をどうやって撮ったかはわからないけど、職場に仮眠室があるって言ってた。その時撮られて、合成とかしたんだ。だって、純也がお酒に酔っているところなんか見たことない。酔ってたって、私以外を抱くはずがない)

頭ではわかっていても、急激なストレスに身体がついていかなかった。

ぐったりとトイレの個室に座り込んだまま、どれくらいそうしていただろう。

扉を叩く音はいつの間にか聞こえなくなっていた。トイレの中に人がいる気配もない。

そっと顔に触れると、涙で濡れた頬はカピカピに乾いていて、口元や洋服は吐瀉物《としゃぶつ》で汚れていた。

私はトイレのドアを開けて洗面所で顔を洗うと、重い身体を引きずるようにして病院を出た。

「ふゆ？」

病院の駐車場の脇を歩いていると、どこかから聞き覚えのある声が聞こえた。辺りを見回すと、近くの車の運転席から清貴が手を振っている。

「あれ、清貴……仕事？」

汚れた服を着替える体力も残っておらず、私はとても人に見せられる格好をしていない。一目見て私の異常を察したのだろう。清貴は車から降りて、私に駆け寄ってきた。

「送っていくから、乗れ」

汚い格好で彼の車に乗ることに申し訳なさを感じながらも、清貴の厚意に甘えて私は車の助手席へ乗り込んだ。

「ごめんね」

「体調が悪いなら病院に戻るか？　診察受けた方がいいんじゃないか？」

「ううん。そういうんじゃないから……大丈夫。車、汚しちゃったら……あとでクリーニング代払うから……ほんと、ごめん」

「そんなのどうでもいい」

彼は製薬会社の営業をしており、度々《たびたび》うちの病院へ訪れている。

けれど、基本外来医師のところにいることがほとんどで、病棟看護師の私とは院内で会うことは滅多になかった。歩いて帰る気力もなく、この格好じゃタクシーを拾えるかどうかも怪《あや》しかったから本当に助かった。

「旦那、家にいるのか？　一人で大丈夫か？」

マンションに向かおうとする清貴を止めて、私は考えた末に真紀の家に行ってもらうことにした。

さすがに唯野さんも友人の家までは調べていないはずだ。

「清貴……ごめん。真紀の家、行ってくれない？　ちょっと、今、帰りたくなくて」

もちろん、純也を疑っているわけではない。

ここまでする唯野さんの悪意が恐ろしくて、とても一人でマンションに戻る気になれなかったのだ。そもそも彼女は地方へ異動になったはずだ。私への接近禁止命令も出ている。

それなのに、唯野さんはまるで間違っているのは私だと言わんばかりに、これまで以上の悪意を向けてきた。純也はもう大丈夫だと言ったけれど、とても話の通じる相手ではないような気がする。

（あの人、いったいなにをするつもりなの……っ）

もし本当に妊娠しているとしても、偶然私と同じ産婦人科に来るとは考えにくい。

だとしたら、わざわざ私が現れるまで待っていたということになる。

純也の子を身籠《みご》もっていると伝えるためだけに――

もし、マンションの前で待っていたら、部屋に来たら、そう思うと怖くて堪《たま》らなかった。

（子どもを堕ろせなんて……絶対に普通じゃない……）

彼女にはなにをするかわからない危うさがある。

どこへ行けば彼女から逃れられるのかがわからなかった。お父さんもお母さんも今日は仕事で帰りが遅い。それに、唯野さんなら純也と私の実家くらい調べていそうだ。もし実家にまであの人が来たら……！

「真紀は……たしか休みで旅行に行くって言ってなかったか？　ほら……彼氏と」

「あ……」

そうだった。真紀は恋人と旅行を計画していると言っていた。前の日から彼氏の家に泊まると言っていたから、今日は部屋にいないだろう。

（じゃあ……どこか、ホテルに泊まって……純也に連絡を……）

でももし、彼女が言うように、今純也と一緒だったら？

純也を呼びだしてどこかで会っていたら、その時に私が電話をしてしまったら、彼を危険にさらすのではないか。そう考えると恐怖に足が竦《すく》む。

今すぐにでも彼と連絡を取りたいのにできない。八方塞がりだ。

「とりあえず俺の家に来るか？　もちろん旦那にはちゃんと連絡しろよ？」

動揺する私に清貴が言った。

真紀を頼ろうとした時点で、なにかあったのだと察してくれたようだ。

「いいの……？」

「あぁ。明日仕事は？」

「午後から」

「じゃあ、狭い家だけどうちに泊まっていけよ。俺は姉貴のところに泊まるから」

「やっ、そんな、清貴を追いだせないよっ……」

明日も仕事があるのに、清貴にそんな迷惑はかけられない。ソファーを貸してくれればいいからと告げると、清貴は怒ったような顔で言ってきた。

「あのな、俺はお前の旦那に誤解されるようなことはしたくねぇの。でも、お前は友達だし、妊婦だし、ここで放っておいたら自分が後悔すると思うから言ってるだけだ」

こんなことを言わせんな、と彼は照れた様子で言った。

「清貴……ありがと」

「おう、その前に腹ごしらえな。なに食べたい？」

「ハンバーガーとポテトがいい」

「そんなもん食って吐かないか？　悪阻《つわり》ひどいんじゃないのか？」

「ううん、もう悪阻《つわり》は治ったんだけど……なんか、やたらとジャンクフードが食べたくなるんだよね」

「ふぅん、そういうもんなのか」

清貴はハンドルを切りながら不可解そうな顔をした。

「自分でもびっくりだよ」

妊娠してからというもの、身体が自分のものではなくなったようだ。食べ物の好みが変わり、匂いに敏感になり、すぐに疲れる。

赤ちゃんを産むための準備を身体がしているのだということを実感する毎日だ。

早く赤ちゃんに会いたいと思う反面、自分が母親になれるのかという不安が付きまとう。

今はそれ以上に、彼女への恐怖が大きいが。

(清貴がいてくれてよかった……)

もう少し落ち着いたら、純也に連絡をしよう。

「ちょっとここで待ってて」

「あ、うん」

コインパーキングに車を停めると、清貴はどこかへ走っていった。

十五分ほどで戻ってくると、衣料品量販店の袋を手渡される。

「ほら、着替え買ってきたから。あそこの店のトイレ借りて着替えろよ」

清貴が指差した先にあるのは、かなり肉厚だと評判のハンバーガーショップだ。

「ありがとう。そうしようかな。あ、お金」

「安物だからいいよ」

「今度ご飯奢《おご》るね」

「おう」

清貴が席を取っている間に店のトイレで着替えさせてもらい、汚れた服はビニールに入れておいた。

壁に貼られているメニューを見ると、それなりにいいお値段がするが、粗挽きの牛肉で作られたハンバーグが五枚、チーズや玉ねぎ、アボカドも挟んであって、非常に美味《おい》しそうだ。

フライドポテトがはみ出るほどに添えられていて、カロリーを見てはいけない気がした。

「美味《おい》しそう……」

「俺が買ってくるから、席に座って待っとけ」

「ありがと。お金、後でいい？」

「いいから。今度まとめて奢《おご》って」

清貴は軽く手を上げて、レジに並びに行った。

なんの説明もせず部屋を借りるのは心苦しいが、まだ頭の中が整理できていなかった。唯野さんの妊娠は本当なのか。彼女はいったいなにをする気なのか。

私には、考えてもわからない。

とりあえず、清貴がレジで精算を済ませている間に、純也に送るメッセージを考えることにした。

もし、唯野さんが純也の近くにいた場合、メッセージの内容を知られる可能性がある。

唯野さんが純也の子どもを妊娠していると言っている。嘘なのはわかっているけれど、異様な雰囲気で怖い。……これではだめだ。私はメッセージを書いては消すを繰り返した。

(電話したいけど、もし唯野さんがそばにいたら……)

結局私は、今日は清貴のところに泊まります、一人の時に連絡をください。

それだけ書いて送った。清貴のところだと書けば、彼が一人でいるならばすぐにでも電話をかけてくるはずだ。純也は絶対に、私が清貴のところに泊まるのを許さないだろうから。

「お待たせ」

「わ、すごい！」

ハンバーガーをナイフとフォークで食べるという初めての経験に興奮しながら、舌鼓《したつづみ》を打つ。先ほど吐いたのが嘘のように、どんどん胃袋に収まっていく。

「そんだけ食べられるなら、大丈夫だな」

そう言って笑う清貴は、なにがあったのか一切聞いてこない。そのことに救われる。

唯野さんの話をすればきっと清貴は怒るだろう。間違いなく、私の味方になってくれる。けれど、同時に純也を責める気がして言えなかった。

唯野さんが純也に恋心を抱いているのは、彼のせいではない。

あの人のお腹に純也の赤ちゃんがいるとは思わないが、母子手帳を持っていた。唯野さんが腹部を摩《さす》っているところを思い出すだけで、胸が張り裂けそうになる。

――あの人を返して。

そう言った彼女の中では、私の方が純也を奪う浮気相手なのだろう。

今の唯野さんに、こちらの言葉は通じない気がした。だからよけいに恐ろしい。

深いため息をこぼしながらフォークを置く。

今の気持ちとは裏腹に、大ボリュームのハンバーガーをほとんど食べ切ってしまった。体重増加には注意しなければいけないのに、食欲はまったく衰《おとろ》えないのだから、厄介だ。

でもまあ、今日くらいはいいだろう。

それに、清貴のおかげで、かなり気持ちが落ち着いてきた気がする。

「何日でも泊まっていいから。これからも、行き場所がなくなったら頼ってこいよ」

私の気持ちを悟ったかのように、頭を撫でられる。

「うん、ありがと……」

そろそろ行こうと、清貴がトレーを持って立ち上がり私もそれに続いた。

店を出て清貴のマンションへと向かう。

彼のお姉さんは近くに住んでいるらしい。マンションの部屋まで私を案内したら、すぐに行くからと言っていた。

オートロックのマンションの入り口に佇《たたず》む影を見た瞬間、私は呼吸が止まりそうになった。

驚きに目を見開き、立ち竦《すく》んだのは清貴も一緒だ。

「どうしてここに？」

そう口を開いたのは清貴だ。

「ふゆが、清貴の家に行くって言ったから。男の家に泊まるのを俺が許すと思うか？」

「たしかに、思わないですね。ふゆ、うち使っていいから、旦那さんときちんと話しあえ」

清貴の手が私の髪に触れようとした時、純也が勢いよくその手を払った。

こんなに冷たい目をした彼を初めて見る。

「触るなよ」

「すみませんね。堪《こら》え性がなくて。俺はなにがあったかは知りません。けどもし、ふゆがあなたと話すのが嫌だと言ったら、俺は譲る気ありませんから」

「部屋に二人きりになんて、させるはずないだろ」

「勘違いしないでください。俺は今日、姉の家に泊めてもらうつもりなので」

この二人が言い争う理由はないのに、どうして純也も清貴もケンカ腰なのだろう。

もしかしたら私がマンションに帰りたくないと言ったことで、清貴は私と純也がケンカしたと勘違いしたのかもしれない。

「ちょ、ちょっと待って！　違うの、純也！」

二人の間に張り詰めた空気が漂《ただよ》って、私は緊張と混乱の中、声を上げる。

その時、エントランスから離れた場所に黒い車が停まっているのに気づく。遠くて雰囲気しかわからないけれど、運転席に座っているのは唯野さんではないだろうか。

サッと血の気が引いていくような感覚がして、目の前が歪《ゆが》む。

「純也……仕事は？　一人で来たの？　まさか、唯野さんと一緒？」

震える手を必死に押さえて矢継ぎ早《やつばや》に聞くと、驚いたように純也が目を見開いた。

「唯野？　まさか……またあの女が来たのかっ⁉」

心配そうに純也の手が伸ばされる。私は思わずびくりと身体を揺らしてしまった。

(もし、唯野さんがこっちを見ていたら……っ。ううん、絶対に見てるに決まってる)

純也は雷に打たれたみたいに手を伸ばしたまま、呆然と固まっていた。

ごめんなさいと謝ろうと思ったけれど、彼女が見ているかもしれないと考えたら、怖くて堪《たま》らなくなった。

「あの人……おかしいんだよ……助けて」

それだけ言うのが精一杯だ。

恐怖と混乱で目に涙が浮かんでくる。

いつまた彼女が目の前に現れるかと思うと、気が気ではない。早くこの場から逃げだしたかった。

「おい、お前」

「は？　俺？」

急に純也から指を差された清貴は、目を吊り上げる。

いきなりお前なんて呼ばれたら当然だ。けれど純也は気にすることなく私の手を強く掴み、清貴に向かって顎《あご》をしゃくった。

「車出せ。ふゆを俺の実家に連れていく」

「純也の実家？　だって、仕事中じゃ……」

「言っただろう？　俺はお前以外はどうでもいいと。仕事なんか辞めたっていいんだ。あの女がどうなろうと、ふゆの前から消えればそれでいいと思っていたが、甘かったな。徹底的に、社会から抹殺しておけばよかった」

私は、歩きながら唯野さんが病院に来たことを話した。

唯野さんにとっては、私こそが浮気相手であり、それを信じ切っていることも。

「唯野さん、妊娠してるって……純也の子だって言ってた。証拠写真も見せてきて」

純也の反対側で話を聞いていた清貴が、驚きを隠せない様子で目を見開いた。

純也の子ではない。それは確実だ。けれど、もし彼女の妊娠が本当だとするならば、彼の子だと偽るためだけに、子どもを作ったということ――？

ふと頭に浮かんだ可能性に、私はぞくりと身体を震わせた。

もしそうなら、その思考こそが恐ろしい。

子どもは誰かの気を引くための道具ではないし、今後の仕事にだって影響があるだろうに。

（ほんとに……どうするんだろう……）

あんな人を心配するなんて、自分でもバカだとわかっている。

それでも同じ妊婦としては、お腹の子どもまで憎めない。

今、七ヶ月ならきっと私以上に、お腹にいる赤ちゃんの存在を毎日実感している頃だろう。

「何度も怖い思いをさせて、ごめんな」

青ざめる私の髪を、純也が撫でてくれる。その表情は後悔に満ちていた。

私は無言で首を横に振った。純也のせいじゃないと言っても、彼は自分を責めるのをやめないだろうから。

「あなたは本当に、ふゆ以外の誰にも興味がないですよね」

歩きながら話を聞いていた清貴が、呆れたと言いたげに口を開いた。

「でもそのせいで……ほかの誰かを追い詰めていることが、あるんじゃないですか？」

誰かを追い詰める。唯野さんを追い詰めたのは純也だと清貴は言いたいのだろうか。

「……かもな、それでも俺は変われない。誰に好かれようが、俺はふゆしかいらないし、ほかの女に優しくしようとも思わない」

純也はそこでいったん言葉を切ると、自らを嘲《あざけ》るように綺麗な顔を歪《ゆが》ませた。

一瞬にして肌がざわりと総毛立つ。純也から目が離せなくなる。

普段の穏やかな顔が作り物めいて見えるほど嗜虐的《しぎゃくてき》で、ある意味とても人間らしい顔を彼はしていた。

「だからこそ……あの女がなにを考えてるかもわかるんだよ。欲しいものを手に入れるために、どうするか。考えてることは俺と一緒だからな」

そう言って彼は表情を変えずに視線を背後に向けた。

なんだか言いようのない不安が押し寄せてくる。欲しいものを手に入れるために、彼女はどうするというのだろう。

「いいか、ふゆ。振り返らず、そのまま真っ直ぐ駐車場へ行け。こいつに家まで送ってもらったら俺が迎えに行くまで絶対に外に出るなよ」

私を安心させるためか重い空気を払拭《ふっしょく》するような明るい声色で、純也は「待ってろ」と言った。

私が言葉を紡《つむ》ぐ前に、純也の視線が清貴へと移る。

「借りはそのうち返す」

純也が私の手を離した。彼はいつもと同じで悠然としている。瞳に少しも動揺はない。けれど、それがよけいに私の不安を煽《あお》った。

「いいです。ふゆは大事な友達ですから」

「その一線を越えるなよ。友人でいたいなら」

「わかってますよ」

二人の声は通りを走る車の音にかき消されてよく聞こえなかった。

「行こう、ふゆ」

清貴に促され歩きだす。本当に純也を一人にしていいのだろうか。唯野さんがなにをする気なのか、純也はわかっていると言った。それを教えてはくれなかったけれど。

「で、も……っ」

「赤ちゃんを守れるのは、ふゆだけだろ」

振り返るなと言われたけれど、つい後ろを確認してしまう。十メートルほど後方の車から、唯野さんが降りてくるのが見えた。やはりこちらを見張っていたようだ。

私は清貴に引きずられるように歩かされる。

欲しいものを手に入れるためにどうするか。もし、純也が私を失いそうになったら取り返すためにどうするか。邪魔者を排除しようとするのではないか。もしくは――

「ねぇ……清貴、お願い……手を、離して」

もし、このまま純也を失うことになったらどうしよう。そんなの絶対に嫌だ。

「だめに決まってる。離したら、ふゆはあの人のところに戻るだろ！」

「だって……唯野さんがっ！　私、純也になにかあったら生きていけない……っ」

赤ちゃんを守らなければならないのはわかっている。でも、自分だけが安全な場所で守られていることなんてできない。

「ごめんなさい……っ」

「ふゆっ！」

私は清貴の制止を振り切って駆けだした。転ばないように慎重に足を動かしているけれど、気は早く早くと急《せ》いている。純也になにかあったら、私は——っ！

清貴はすぐに私に追いついてきたが、なにも言わなかった。

「愛知県警に……時、あなたは……」

二人はなんの話をしているのだろう。距離としては一メートルもないのに、俯《うつむ》きがちにぼそぼそと喋《しゃべ》る唯野さんの声は耳を澄ましてもうまく聞き取ることができない。だが、純也の声はしっかりと耳に届いた。

「お前に告白されたことなんて覚えてない」

清貴に怒りを向けていた時を優しく感じるくらい、ゾッとするような低い声色だった。こちらに背を向ける彼の表情は見えないが、決して声を荒らげているわけでもないのに、純也が怒気を漲《みなぎ》らせているのがわかる。

「覚えてないって……！　あん……に、何度……言ったのに」

ところどころ聞こえてくる唯野さんの声は震えている。もしかしたら泣いているのかもしれない。

「どうでもいい、そんなこと。俺の用件は一つだけだ。ふゆに二度と近づくな。お前がなにをしようと、俺がお前に応《こた》えることはない」

「それ……結婚してるからでしょうっ！」

悲鳴のような唯野さんの声がはっきりと聞こえてきた。

「関係ない。結婚はふゆを手に入れるのに手っ取り早かったからだが、それをお前に説明する義理もない」

「こんなに……好きなのにっ、どうしてっ」

唯野さんの手が縋《すが》るように純也に伸ばされる。

次の瞬間、バシッと叩きつけるような音が聞こえて、純也が彼女の手を振り払った。そして感情のこもらない冷淡な声が響く。

「迷惑なだけだ。心底どうでもいい。ふゆ以外の女に触りたいとも触られたいとも思わない」

それは明確な拒絶。

こんな純也、私は知らない。

私に見せる顔はいつだって優しくて甘くて、過保護な兄のようなものだったから、程度は違っても誰にでも紳士的で優しい人なのだと思っていた。

何度も言われていたのに。「ふゆ以外はどうでもいい」と。

少しだけ、純也の愛情が怖くなる。けれど、やはり私は、たとえ彼がどんな顔を持っていたとしても、嫌いになんてなれない。

ふと、隣に立つ清貴と目が合う。清貴は純也の態度に驚く様子はなく、むしろ当然とばかりに頷いていた。

唯野さんに同情はしない。だけど、もし本当に妊娠しているとしたら、彼女の体調が少し心配になった。

私はそっと、彼女の顔色が見える位置に移動する。しかし、彼女と目が合った瞬間、すぐに後悔に襲われた。

唯野さんはアスファルトの上に直《じか》に座り込んで、生気のない虚《うつ》ろな目を宙に向けていた。けれど、彼女の視界に私が入った途端、憤怒《ふんぬ》の表情で口元を歪《ゆが》めた。そして、虚《うつ》ろな目に妖《あや》しい光を浮かべながら、ゆっくりと立ち上がる。

「……さえ、いなければ」

低い唸《うな》るような憎しみのこもった声が聞こえる。

「あんたさえいなければっ！」

純也が振り返って、私を庇《かば》うように手を伸ばした。だが純也より早く、唯野さんの手が私に届く。

すべてがスローモーションのように感じた。

視界の端に、トラックが近づいてくるのが見える。

「あ……」

次の瞬間、ドンッと身体を道路に押されて、足が一歩二歩と後ろへ下がる。急な体勢変化にうまくバランスを保つことができない。

周りの景色がゆっくりと流れていくのを感じながら、身体が道路に向かって倒れ込むのを止められない。こちらへ向かってくるトラックが次第に大きくなる。

「ふゆっ!!」

純也と清貴の声が同時に聞こえた。

そして、狂喜じみた唯野さんの甲高い叫び声。

「死ねばいいっ！　あんたなんて死ねばいいのよっ!!」

狂ったように叫んで暴れる彼女を誰かが取り押さえる喧騒《けんそう》と、ひときわ大きく響くトラックのクラクションの音——

もしかしたら、二度と純也に会えないかもしれない。お腹の子を失ってしまうかもしれない。そう思ったら、後悔しかなかった。

（私は死んだとしても……お願い、この子だけはっ）

ぎゅっと目を瞑《つむ》って、両手でお腹を押さえる。

「……っ！」

その時、背後から身体を支えられて、大きな身体に包まれたかと思ったら、ドンッと大きな衝撃に襲われた。甲高いブレーキ音と誰かの叫び声が耳につく。

「きゃぁぁぁぁぁっ」

時間にして数秒の出来事。だけど、私にはずいぶんと長く感じた。

衝撃は大きかったが、身体に痛みはなく、とりあえずは生きているようだ。

真っ先に心配したお腹も特に痛くなっていない。

お腹を押さえながらゆっくり目を開けると、視界の先にぐったりと横たわる純也の姿が見えた。

「ど、して……」

頭が真っ白になって、呼吸がうまくできない。

どうして私の目の前に純也が倒れているのか。

私がこなかったら、こんなことにはならなかった……

「純也……純也っ！　いや――っ!!」

看護師なのに、救急車を呼ぶという当たり前のことすらできず、ただ、純也が死んでしまったらどうしようと、それだけしか考えられなかった。

涙がボロボロと溢《あふ》れて、髪を振り乱して叫んでも、彼は意識がないのかぐったりと倒れたままだ。

いなくならないで、そばにいて。

あなたのいない世界で私は生きてはいけない。

「きゅ、救急車……清貴……っ」

「今、呼んでる！」

「どうしよう……どうしよう、清貴」

腕を取って脈を取りたいのに。もし呼吸が止まっていたらと思うと、怖くてできない。

手がぶるぶると震えて奥歯がカチカチと音を鳴らす。

「しっかりしろよ！　自分の旦那だろ！」

清貴に肩を揺さぶられて顔を上げた。

そうだ。純也はこの世界に一人しかいない、私の夫だ。

私は震えを止めるため、手のひらに爪が刺さるほど強く拳《こぶし》を握る。

私を庇《かば》って純也は身体を打ったのだ。私がしっかりしないでどうする。

「うん、ごめん。大丈夫」

私は呼吸を整えると祈るように純也の手に触れた。

まだ手の震えは治まっていなかったけれど、彼の体温に触れていると徐々に気持ちが落ち着いてくる。

（温かい……純也は、生きてる……）

そっと彼の腕を取ると、トクトクと脈が触れた。

「純也……聞こえる？　純也」

「う……」

私が耳のそばで呼びかけると、かすかに意識があるのかくぐもった声が聞こえてきた。

「もうすぐ救急車来るからね。一緒にいるから、頑張って」

遠くに聞こえる救急車の音に、少しずつ頭が冷静になってくる。

私は、彼の口元に耳を寄せて、呼吸音を聞いた。

（大丈夫……きっと、大丈夫）

到着した救急車の隊員の問いかけに、なんとか答える。

「この人の妻、です。私も救急車に同乗させていただきます」

「ふゆっ！　俺はこいつを警察に引き渡すから！」

清貴の叫び声に私は頷いた。

「お願いします」

後ろ側の扉が閉まり、救急車はサイレンを鳴らしながらゆっくりと動く。

私がしっかりしなければ。

意識は混濁《こんだく》しているけれど、彼の呼吸は正常だ。出血も少ない。

だから、きっと大丈夫。

私は溢《あふ》れる涙を手の甲で拭った。

「あなたに怪我は？」

私は首を振って「ありません」と伝える。

「松坂純也……二十七歳、現病、アレルギー、既往歴ありません。呼びかけに反応はありますが、意識混濁《こんだく》してます。私を庇《かば》って前から歩道に転がるようにして倒れたので、肩や背中を強く打っているかもしれません」

純也の手を握りながら、彼の名前を呼びかける。

意識は混濁《こんだく》しているものの、痛みがあるのか時折呻《うめ》くような声が車内に響いていた。

「純也……もうすぐ病院に着くから。お願い、そばにいて。愛してるの」

彼に語りかけると聞こえているのか、手を握り返してきた。

頭から出血がないからといって安心はできない。受け入れ先に決まったのは私が働いている病院だ。救急入り口で待っていた顔見知りの看護師が、驚いたような顔をして私を見る。私は頷くに留めて、純也と一緒に救急車を降りた。

救急治療室に運ばれ、救急チームのスタッフが慌ただしく動き始める。

バタバタと看護師がストレッチャーを押して治療室を出入りしているのは、放射線科でレントゲンやCTの検査をするためだ。

(出血はそう多くなかった……だから、きっと大丈夫……)

私は祈るように手を組んだ。

しばらくすると、救急治療室の医師に呼ばれ、病状の説明を受けた。

検査の結果、純也は肋骨を折っているが、数週間の入院で済むそうだ。

写真で見る限り脳に異常も見られず、何日か様子を見なければならないが、命に別状はないだろうという言葉に、身体から力が抜けた。よほど緊張状態にあったのか、私はそのまま崩れ落ちるように倒れてしまった。

貧血を起こしたらしく、意識はあるのに立ち上がれない。医師と看護師に支えられ、家族待合室で休ませてもらう。

数時間後、警察の人がやってきて、いろいろと事情を聞かれた。唯野さんはその場で現行犯逮捕されたそうだ。純也にも、後日話を聞きたいと言われて了承した。

半日も経たず、純也は救急から一般病棟に移された。

回復が早いのは普段から身体を鍛《きた》えているからかもな、と医師は笑っていたが、しばらくは安静が必要だそうだ。

「ん……」

くぐもった声が聞こえる。

彼の眉が痛みに歪《ゆが》み、まぶたがぴくりと動いた。

「純也、目が覚めた？」

「ふ、ゆ……」

身体がうまく動かせないのか、片手を上げようとする動作はひどく鈍い。

私は純也の手を取り、頬を擦り寄せた。ようやく彼が無事であると安心できて、ほっと息をつく。

（目を覚ましてくれてよかった……）

脳にも内臓にも損傷はなく、後遺症も心配ないと言われていても、不安は消えなかった。もし彼がいなくなってしまったらと考えると、生きてはいけないと思った。

「怪我は……ないか」

「うん。お腹の子も診てもらったけど、元気に動いてるって。守ってくれて、ありがとう。それと……ごめんなさい。家で待ってろって言われたのに」

「よかったよ、無事で。お前、昔から俺の言うこと聞かないからな。戻ってくるかもって、思ってた」

「う……ほんと、ごめん」

私はしゅんと項垂《うなだ》れる。

心配をしてくれるのは嬉しいけれど、もう少し自分のことも大事にしてほしい。私にとってはあなたが一番大切なのだから。

「唯野さんは捕まったって。病院に来た警察の人が教えてくれた」

「そうか」

「運送業者のトラック、ちょうど配達しているところだったみたいで、かなりスピードを落としてたから、この程度で済んだんだって」

もしも制限速度マックスのスピードでぶつかっていたら、この程度の怪我では済まなかったそうだ。そう考えると、自分の行動を悔やんでも悔やみきれなかった。

もしかしたら、私が怪我をした時の純也も同じ気持ちだったのかもしれない。

「どれくらい入院するかわかるか？」

「二週間くらいかな。肋骨が折れてるから、できるだけ動かないように安静にしてね。退院後も、しばらくは激しい運動はだめだよ」

「それって、二週間以上もふゆを抱けないってことか？」

純也は信じられないと言うように愕然《がくぜん》としている。

「そんなの当たり前でしょ！　また折れたらどうするの！」

（ショックを受けるところは、そこなの!?）

思わず叫びたくなってしまったが、本人は至って真面目だ。そんなに我慢できるか……と、ぶつぶつ呟いている。

「ふふっ、純也、大怪我してるんだよ……っ、もう……ちょっと、止まんなっ、あははっ」

身を削られるような思いで目が覚めるのを待っていたのに、相変わらずの彼の言葉に笑いが止まらなくなった。

「よかった。ふゆが……笑ってくれて」

「純也……」

「ごめんな。結婚してから泣かせてばかりだ。俺のせいで何度も危ない目に遭わせて……怖かっただろ」

頬に触れられて、私は初めて自分が泣いていたことを知った。

安堵で出た涙は止まりそうにもない。彼と話して気が緩んでしまったのだろう。

仕事だと言い聞かせて気丈に振る舞ってはいたが、救急車の中でもう二度と彼に会えなくなったらと考えると怖くて仕方がなかった。

病院についてからも、聞きなれた医師の言葉を理解するにも時間がかかった。看護師としてできることはと考えても、結局はベッドの横に座って目覚めるのを待つだけだった。

自分自身の不甲斐なさに打ちのめされる。

「ごめんなさ……っ、ごめんなさい。純也一人だったら、きっと、こんな怪我しなかったのに」

「俺のことを心配して、戻ってきてくれたんだろ？」

「純也が……死んじゃったらって思って……頭が真っ白になって」

「朦朧《もうろう》とした中で、ふゆの声……ちゃんと聞こえてたよ。そばにいて、愛してるって。夢じゃないよな？」

「夢なわけないっ。だって、まだ結婚式も挙げてないし、新婚旅行にも行ってない……パパになるんでしょ？　嫌だよ、いなくなったら……」

純也の手に頬を擦り寄せる。

彼の手の温度に、また新たな涙が溢《あふ》れでた。

「俺も、あの女と同じで、少しおかしいんだろうな」

寂しそうな笑みを浮かべた純也は、天井を見つめながらぽつぽつと話した。

「おかしい？」

「ふゆ以外のことはどうでもいいし、本当はどこで誰が傷つこうが、死のうが……どうでもいいんだ。たぶん、自分の親でさえも」

「そんなこと……っ」

多少、私への執着心が強いところはあるが、どこで誰が傷つこうがどうでもいいなんて、そんなことを思う人じゃない。

両親の期待を一身に背負い、それに応《こた》えて優秀な成績で大学を卒業した。お父さんと同じ道を選んで警察庁に入庁し、エリートと言われる道を歩んでいる。

純也のお父さんもお母さんも、そんな彼を誇りに思っているし、彼が忙しい中、両親を気遣って様子を見に行っているのも知っていた。どうでもいいなんて、そんなことは絶対にない。

「純也は、そんな人じゃないよ」

私がそう言うと、純也は苦く笑った。

「ありがとう。でも俺は、本当にふゆ以外どうでもいいんだ……誰が俺に気があろうと興味がなかった。ふゆが戻ってくる前、あの女は愛知県警にいた頃のことを言ってきた。俺はまったく覚えてなかったけど、唯野は一言一句、俺の台詞《せりふ》を覚えていた」

「うん」

「付きあってほしいとあの女は言ったんだそうだ。俺は相手にするのも面倒で、妻がいる……たぶんそう言った。大抵はそれで引くから、いつもと同じように答えたんだろう」

純也はぽつぽつと二人で話していた間のことを教えてくれた。

好きな相手に妻がいる、純也の言う通り、そう言われたら諦めるほかないだろう。

「唯野さんは、それでも諦めなかったってこと？」

「あぁ、むしろ俺の言葉で自分にもチャンスがあると思ったらしいな。妻さえいなければって……だから、今回のことは俺のせいなんだよ。本当にごめんな」

「そんなの……っ、純也のせいじゃないでしょ！」

どうしてそれが純也のせいなのか私にはさっぱりわからない。

私の言葉に純也が事故の前に見せていた嗜虐的《しぎゃくてき》な表情を見せる。

「あいつの言う通りだ」

「あいつって？」

「清貴が言ってただろ。ふゆ以外の誰にも興味がない。そのせいでほかの誰かを追い詰めてるんじゃないかって。その通りだ。サインはあったはずなのに、あの女がこれだけの凶行に及ぶまでまったく気づけなかった。事件を未然に防げば犯罪被害者は出ないなんて言っておきながら、情けない」

悔恨を滲《にじ》ませる純也に私はなにも言うことができなかった。

「電話の一件であの女が事情聴取されている時、しきりに俺と話したいと言っていたらしい。あの時に向き合っていればと考えたが、どんな言葉を伝えられても、俺はふゆを狙ったあの女を許さない」

ぞっとするほど冷たい笑みを浮かべながら純也が言った。

彼がこういう顔をするたびに、私はどこかに置いていかれたような気になる。純也の気持ちがよくわからなくなって、近くにいるのに遠くにいるような切なさが溢《あふ》れてくる。

「でも、そんな俺だから、あの女の気持ちがわかった。敵意が俺に向かえば、お前を守れると思ったんだ」

もしかしたら純也は、私を守るために自分を狙わせるのではないかと思った。だから、私は純也を守りたくて戻ったのだ。

「そんなのだめだよ。私の大事な人……傷つけたら許さないから。それが純也自身でも嫌だから。私を守ろうとしてくれるのと同じくらい、自分も大事にしてよ」

純也は、私の言葉にようやくいつもの穏やかな笑みを見せる。

もしかしたらこの顔も、私を安心させるために作られた笑みなのかもしれない。

(でも……べつにいい)

私だけがすべてで、私以外なにもいらないという彼の愛情は重い。彼がどうしてこんなにも私だけに執着するのかはわからない。小さい頃から一番近くにいたが、私には純也を好きだという気持ち以外誇れるものはなにもないのに。

ただ、どんな一面を知っても、私が純也を厭《いと》うことはない。なにがあっても離れない。ずっとそばにいる。私にはそれくらいしかできないから。

「こんな男だけど、逃げるなよ」

純也の手がいつもよりゆっくりと伸びてくる。骨を折っているから動かすと響くのだろう。私は彼の手をしっかり握り、唇を寄せた。

「逃げるわけないでしょ。どんなあなたも愛してる。ずっと一緒にいるよ」

手の甲に口づけると、指先で愛おしげに頬を撫でられた。

私を愛おしむ彼の表情に嘘はない。それだけははっきりとわかる。

抱きしめてほしかったけれど、今それは叶わない。

私が純也の頬に口づけると、彼が顔をずらして唇を重ねてくる。軽く触れあうだけの口づけは、私たちの感情を伝えあうように長く続いた。どちらかが離れても、どちらかが引き留めて。

それは、まるで私たちの絆《きずな》のようで、もう二度と離さないという決意でもあった。

その夜、私たちは同じ部屋で眠った。

残念ながら、ベッドはべつで。

ラストエピソード

事件から二週間後、俺は妻に見送られ退院し、マンションへ戻った。

誰もいない室内で、ぼんやりとソファーに座っていると、ふと入院中にふゆから言われた言葉を思い出す。

『純也は私以外どうでもいいって言うけど……やっぱり、私違うと思う』

仕事を終えて私服に着替えたふゆは、入院中の俺の洗濯物を袋に詰めながらぽつりとこぼした。

『違う？』

『うん、だってね……私がコンビニから出てきた人とぶつかった時さ』

どうして急にその話になるのか、話の終着点が見えない。ふゆが言っているのは、以前に振り込め詐欺の受け子をしている男を追っていた時の話だ。俺はベッドから彼女を見上げながら戸惑いを隠せなかった。

『私、その時見たんだよ。あの男の人、店内でほかのお客さんにもぶつかってた。純也、犯人に倒された人を助け起こしてたよね？』

『それで被疑者を逃がしたあげく、ふゆに怪我をさせたなんて最悪じゃないか』

『違うってば。思わず助けちゃったんでしょ？』

思わず、だったのだろうか。

ただ単純に救助を優先させただけではないか。あの瞬間、自分がどう考えて行動していたかなど覚えていない。

それをそのまま言ったら、ふゆは『それが思わず、なんでしょ？』と言って笑った。

『知らない誰かを思わず助けてしまうくらい、優しい人なんだよ、私の旦那様は。どこで誰が傷つこうが死のうがどうでもいい、なんて考えてない』

『そうか？』

『うん』

ふゆが嬉しそうに笑うから、それでいいかと思えた。

だがあの時、真後ろに倒れるふゆを見て、血の気が引いたのはたしかだ。

ふゆには言わないが、もしそれで彼女を失うことになっていたら、俺はきっと、救助を優先させたことを一生後悔しただろう。

身体はまだ本調子でなかったが、リハビリをしないと筋力は低下するばかりだ。

夕食を作って、夜には帰ってくるというふゆを待つ。退院後一週間は休みを取ったため、しばらくはゆっくりできる。

「ただいま〜。あ、ご飯作ってくれたの？　もう、休んでていいのに！」

彼女はくんくんと鼻を鳴らして言った。そんな仕草一つとっても撫で回したいほど可愛い。

だが、食事が先だ。ふゆを食べるのは後にしないと、お腹が空《す》いた、と拗《す》ねるに違いない。

「おかえり。動かないと身体が鈍るからな。リハビリだよ」

皿に取り分けたサラダをカウンターに置いて、ご飯をよそう。

普段食事をする時は、離れたダイニングテーブルまで皿を運ばず、キッチンのカウンターで並んで食べる。その方がふゆとの距離も近いからだ。

「ありがとう。お腹空《す》いた。あっ、私これ好き！」

手を洗い、キッチンで鍋の中を覗《のぞ》き見たふゆが顔を輝かせ、うきうきと食器棚から皿を取りだした。今日はふゆの好きなトマトスープだ。

ふゆはいちごやグレープフルーツ、トマトなど酸味のある食べ物が好きだ。でも、酸っぱ過ぎる梅干しやレモンは苦手らしい。

ふゆのことで知らないことなどない、そう言えるくらいにはそばにいる。

小さい頃からふゆだけを見てきた。どうしてこんなにふゆだけが特別なのか。はっきりと自覚した日を、俺は今でも鮮明に覚えていた。


——純也くんって、全然笑わないのね。

物心ついてから、一番よく言われていた言葉だ。その言葉をよく言っていたのは五歳からつけられた家庭教師の女性だ。

厳格な祖父と、その祖父に育てられた父の口癖は「松坂の名を汚すな」だった。

祖父は大臣まで上《のぼ》り詰めた政治家で、父にも同じ道を進ませるつもりだったようだ。だが、祖父の意に反して、父は官僚の道を選んだ。おそらく政治の世界が肌にあっていないと早々に気づいたのだろう。

物心つく前から、言われるままに勉強をしてきた。自分がどうしてほかの子のように幼稚園に通っていないのか、周囲に教えてくれる人はいなかった。

ただ、窓の外から聞こえてくる楽しそうな声を不思議に思っていたことはある。

その後、小学校に入ったが、同い年の連中と集団で過ごす生活は苦痛だった。

表面上は特に問題はないものの、形だけ周囲に馴染《なじ》んでみせていた俺を、母だけは案じていたようだ。そんな頃、隣に越してきた赤石一家が挨拶《あいさつ》に来た。

ふゆと名乗った三歳の女の子は、俺の頭二つ分は小さかった。俺は恐る恐る話しかけた。すると、その子は、にへらっと笑って「かっこいいね」と言った後「純也お兄ちゃん」と俺を呼んだのだ。

それから母は、なぜか俺にふゆの面倒をみろと言ってきた。

どうやら小さな子どもの面倒を見させることで、俺の情操教育に効果があればと考えたらしい。

母の提案を聞いたふゆの両親は、最初は遠慮していたものの、遠くの保育園に決まると送迎が大変だと考えたそうで、うちに預けることに決めたらしい。

父は結果さえ残せば、母の教育方針に文句は言わなかったし、親の言うことに逆らわずに生きてきた俺には、選択肢はイエスしかなかった。

「ふゆっ！　なにしてるんだよ！　そこは池！　プールじゃない！」

少し目を離した隙に、ふゆが庭に出て池の前に立っていた。

俺は大慌てで靴も履かずに庭に出て、ふゆを後ろから抱きしめる。

「いやーーーー！　お魚さんと泳ぐの！」

「危ないだろっ！」

ふゆは、俺にとって衝撃の生き物だった。

泣くし、うるさいし、すぐ怒る。感情がコロコロ変わってついていけない。

なにせつい数分前まで地団駄《じだんだ》を踏んで怒っていたのに、それから一時間もしないうちに俺の膝で眠っているのだから。

ゼロ歳から保育園に通っていたふゆは、おとなしそうな見た目に反して人見知りをしないらしく、松坂の家にすぐ馴《な》染《じ》んだ。厳格な祖父や父も、なぜかふゆを前にすると笑顔になる。

俺が学校に行っている間は、お手伝いさんがふゆの面倒を見ていたが、お手伝いさんが怒鳴らない日は一日たりともないくらい、毎日毎日どこにそんなパワーがあるのかと思うほど、ふゆは元気いっぱいだった。

俺が学校から帰った後、二人でおやつを食べて遊ぶ。鬼ごっこをして庭を走り回るが、ふゆは俺に捕まると怒る。どうやら鬼が嫌らしい。ルールは守らないと、そう教えたがどうしても鬼は嫌だという。

「わかった。じゃあ鬼じゃない。ふゆは姫だ。捕まったら姫になる。それでいい？」

ふゆは最近お姫様ごっこにはまっていたから、鬼じゃなくて姫ならどうだと提案してみた。案の定うまくいった。

「はいっ！」

二人しかいないから、基本的にすぐ鬼——姫は交代だ。しかも俺が本気で逃げるとふゆでは捕まえられないため、ある程度のところで捕まらなければならない。しかしふゆはなにを思ったのか、しゃなりしゃなりと歩いて逃げるのを止める。

「ふゆ？　なにしてるんだ？」

「私、お姫様なの、可愛いでしょう？」

どうやらお姫様になりきって歩いているらしい。鬼ごっこは終わったようだ。必然的に俺が王子様役を求められた。

「純也お兄ちゃん、チュー」

庭の芝生《しばふ》に寝っ転がって、ふゆは目を瞑《つむ》り両腕を持ち上げた。いったいなにをしているのかと思えば、白雪姫ごっこか。

「はいはい……」

寝ているふゆに近づいて口づけをするフリをする。だがふゆは、両腕を俺の首に回して唇をふにっと触れあわせてきた。

「……っ！」

これだから油断ならない。

「えへへへへ」

ふゆは目を開けて、頬をピンク色に染めて笑っていた。なんだか俺の顔まで熱くなってきて、ついふゆから目を逸らしてしまう。

「純也くん、最近なんだか楽しそうね。顔が子どもっぽくなったわ」

その日の夜、家庭教師の先生がそう言った。

今日のふゆを思い返して、次に言うことを聞かなかったらどうしてやろうかと考えていた、なんて口には出せない。

まさかふゆの子どもっぽさが移ったのでは、と頬に触れてみる。だが、前に先生に会ったのは二日前。そんなすぐに人の顔は変わらないだろう。俺は表情を引き締めた。

「そうですか？　気のせいでしょう」

「あらあら元に戻っちゃった」

残念、と言って先生は勉強を始めた。

それから数ヶ月後。

ふゆの誕生日がやってきた。ふゆというだけに、もちろん冬生まれだ。

その日もふゆはいつも通りに俺と遊んでいた。だが、なんだかいつもとは様子が違って見える。

なぜだろうと考えて、ふゆの視線の先に気がついた。

いつもは遊ぶ時は俺を見ているのに、今日のふゆは時計ばかり見ている。理由がわからず俺は首を傾げた。

「ふゆ、ケーキ美味《おい》しくない？」

いちごをたくさん載せたケーキを前にしても、食べるペースが遅い気がする。

「美味《おい》しいよ～、いちご大好きだもん」

笑った顔はいつもと同じ。それなのにどうしても気にかかる。

夜六時半を過ぎて、そろそろふゆの母親が迎えに来る時間。ふゆは時計を見て、肩を落とした。そして俺に言ったのだ。

「純也お兄ちゃん……お母さん、ふゆの誕生日、覚えてるかな？」

頭をガツンと鈍器で殴られたみたいな衝撃を受けた。

ふゆは平気だと思っていた。保育園に通っていたため預けられることには慣れているとおばさんは言っていたし、毎日楽しそうにうちで過ごしていた。

でもそれは、働いている両親を心配させないために、無理にそうしているのだとしたら？

本当は誕生日に、両親と一緒に過ごせないことを寂しく思っているとしたら？

気づいたら、俺はふゆの小さな身体を抱きしめていた。

「お兄ちゃん？　どうしたの？」

「覚えてるに決まってるだろ。生まれてきてくれてありがとうって、ちゃんと毎年思ってるよ」

「そうだよね！　お兄ちゃん、大好き」

きゅっと背中に小さな手が回される。

愛おしくて堪《たま》らなかった。寂しいなら俺がずっとそばにいてあげる。これでもかと甘やかして、守ってあげたい。そう思った。

これまで父の望む通りに生きてきた俺の日常は、楽しくなかったけれど不満もなかった。

そんな俺の中で、その時なにかが音を立てて弾けた。

それはまだ、恋と呼ぶには小さ過ぎる欠片《かけら》でしかなかったけれど。

「うん、俺も大好きだよ」

「にこにこ、綺麗だね」

「え……？」

ふゆが俺の頬に触れてそう言った。

部屋の鏡に映る自分が、ふゆを抱きしめながら笑っていることに気がついた。


「えぇぇ、そんなことあった？」

食事の手を止めて、ふゆが覚えてないという顔をした。当たり前だろう。俺が小学校一年、ふゆはまだ三歳の頃の話だ。

「あった。お前、本当に言うこと聞かなくて大変だった」

「純也が怒らなかったからじゃない？　小さい頃って、とにかくなにしても純也お兄ちゃんは怒らないって思ってたし。お母さんなんてほんと怖かったんだから。庭で水遊びしたって言ったら『なにやってるの！　鈴子さんに謝りに行くわよ！』って、いつも怒られてたよ」

ふゆは眉毛を吊り上げて『こう』と言った。その顔がお義母《かあ》さんにそっくりで笑ってしまう。

「でも、お前は、甘えたがりでわがままなくせに……本当に誰かを困らせることはしなかった。寂しいくせに楽しいふりをして、いつも笑ってたな。お義母《かあ》さんたちを困らせたくなかったんだろ？」

ふゆは自分でも気がついていなかったのかもしれない。無意識に我慢してしまうところがあるのだと言った俺の言葉に、双眸《そうぼう》を見開いていた。

離れて暮らしている間もそうだった。もっと会いたい、寂しい、と言ったら、俺が困ると思ったのだろう。そんなふゆだから、俺は甘やかしたいと思うし、どんな小さなわがままでも叶えてやりたいと思うんだ。

「お母さんたち……忙しかったから。それに、働くお父さんとお母さんの背中を見てたから、看護師って仕事に興味を持ったんだしね。小さい頃の私にはさ、いつも純也がいてくれたでしょ？　だから私は、寂しくなんてなかったよ。ねぇ、なるべくこの子とも、一緒にいてあげてくれる？」

ふゆは下腹部を撫でながら言った。

「当たり前だろ。ずっと一緒にいるよ」

手を重ねると、ふゆはうっとりと目を細めて俺の肩に頭を載せた。

食器の片付けはふゆが寝入ってからにしよう。

髪や額《ひたい》に口づけながら、俺は細い腰を引き寄せた。するとふゆは、両腕を突っ張らせて「だめ！」と言う。二週間は約束通り我慢した。さすがにこれ以上は待てない。

「骨折してるんだよ！」

「もう退院しただろ？」

「んっ……だめ、だってば」

折れそうなほど細い腰を括《くび》れに沿って撫でると、ふゆが吐息を漏らし息を詰まらせる。

俺はふゆの耳元に唇を寄せる。身体から湧き上がってくる熱は、すでに抑えられないところまできている。

「ふゆ……したい」

「私だってしたいけど……でも」

「触るだけ」

「触るだけじゃ済まないでしょ！　我慢する……っていうのは？」

「お腹が辛いなら我慢するけど、俺を心配してなら触らせて。なぁ」

ふゆがこういう俺の態度に弱いとわかっていて、懇願《こんがん》するように口にする。強引に押し倒してしまいそうな己《おのれ》を必死に抑えて、おねだりするのはかなり辛い。

「お前が辛くないように、ゆっくりするから」

「もう……っ、私より純也でしょ」

ふゆの突っ張った腕の力がふっと緩んだのをいいことに臀部《でんぶ》を撫でると、頬が赤らみ目も潤《うる》んでくる。あどけない顔立ちなのに、俺が触れると途端に女に変わる。

その瞬間を見るのが堪《たま》らなく好きだ。

「無理は、しないでね？」

ふゆは顔を真っ赤に染めて俯《うつむ》いた。一緒に過ごして何年経っても初々《ういうい》しい。

「ベッドに行こう」

俺の言葉にふゆは黙って頷いた。ふゆの手を引いて寝室のドアを開ける。

「純也は、動いちゃだめだよ」

俺は口元が緩むのを抑えられない。ふゆは俺のシャツのボタンを外し、ズボンのベルトに手をかけた。不器用な手つきでベルトを外し、自らも服を脱ぐ。

ただ、羞恥《しゅうち》が先立って下着までは脱げなかったらしい。俺は、ふゆのショーツに指を引っかけて、「これは？」と聞く。

「まだ……いいの」

ふゆはベッドの下に膝をつき俺の下着をずらすと、慣れない手つきで萎《な》えた陰茎に手を添えた。それだけで下肢に血液が集まってきて、ふゆの手の中にある陰茎が一回り大きくなる。

「口でできそうか？」

ふゆは最初からそうするつもりだったようで、手を添えたまま唇を寄せてくる。まだ柔らかい性器が熱い口腔《こうこう》に包まれると、二週間の禁欲生活のため、あっという間に昂《たかぶ》ってきた。

ねっとりと熱い舌で硬い先端を舐《な》められて、呼吸が荒くなるのを止められない。

舌先が裏筋を辿《たど》り根元まで滑ると腰を動かしたくて堪《たま》らなくなる。すべてを口に含むのが難しいふゆは、舌を使って俺を追い立ててくる。

「ふゆ……っ、手で扱《しご》いて」

「ん……こう？」

舌を這《は》わせたまま屹立《きつりつ》を握りしめ、たどたどしく手を上下に動かしてくる。下肢に集まった熱が一気に膨れ上がりそうになり、腰を振りたい欲求に駆られる。

「ん、あぁ……気持ちいい。でも、今日はすぐに達《い》きそうだから、もういいよ。それより、こっち自分で弄《いじ》れるか？」

俺は足の親指でふゆのショーツに触れる。そこはもう蜜を溢《あふ》れさせているようで、じっとりと湿っていた。

「俺がしてやりたいけど、動いちゃだめなんだろ？」

本当は自分でするふゆが見たいだけなのだが。そう言ったら、また怒るに決まっているので口を噤《つぐ》む。

ふゆは顔を真っ赤にさせて、なにか言いたげに口を開くが、結局なにも言わずにショーツとブラジャーを脱いで、ベッドに上がってくる。

今日のふゆは従順過ぎるほど従順だ。

もしかしたら、俺が怪我をしたのは自分のせいだと思っているのかもしれない。

ふゆはなにも悪くないのに。

清貴の言う通りだ。俺がふゆ以外にも、もう少し興味が持てていたら、あの女をうまく遠ざけられていただろう。

あれは、ふゆを巻き込むなという清貴なりの皮肉だ。

ふゆを巻き込むつもりは二度とないが、どうやったって俺はふゆしか目に入らない。ほかの誰かを気にしようと思っても、手配書の人間でもない限り頭の中を素通りするだけで忘れてしまう。

昔からそうだった。俺は、興味を持てない他人に対しては驚くほど冷たい。そう、過去に告白を断った女性たちは口を揃えて言うだろう。

ふゆしかいらない。ふゆが同じように俺を想ってくれていなければ、寂しくて生きていけないくらいに、彼女が俺のすべてだ。

滾《たぎ》った怒張はすでに痛いほどに勃起していて、余裕はなかった。俺はふゆの下肢に視線を移し、喉を鳴らす。

「見ないで。あんまり」

見ないわけがないのに。ふゆはベッドの上で俺から隠れるようにして足をきつく閉じる。

「そんなに閉じてちゃ、指、挿《い》れられないだろ？　楽な体勢でいいから、俺に向けて足を開いて」

自分ではどうしたらいいかわからなかったのか、ふゆは俺に言われるまま足を左右に開いた。赤く綻《ほころ》びた膣部は触れてもいないのに蕩《とろ》けきっていて、蜜を溢《あふ》れさせている。

「ふゆも……俺がほしかった？　ここ、もうとろとろになってる」

「だって、二週間も、いなかったから」

ふゆは目を潤《うる》ませながら言った。

そんな彼女は、頭から丸ごと食らいつきたいくらい愛くるしい。

「俺も早く挿《い》れたい。自分の指で気持ちのいいところを弄《いじ》って」

ベッドの上で足を伸ばして座ると、向かい側に座ったふゆが俺と同じような体勢でおずおずと濡れた膣部に手を伸ばす。軽く膝を立てさせて、身体をベッドに倒す。腹部を圧迫しない体勢の方が、ふゆも楽だろう。

「ん……っ」

細い指が陰唇に沿って動く。熱を帯びた身体はそれだけで感じてしまうのか、ふゆが堪《こら》えきれず吐息を漏らした。指で濡れた秘裂を擦るたびに、びくりと膝を揺らし、溢《あふ》れた愛液がシーツに淫《みだ》らなしみを作る。ふゆは恍惚《こうこつ》とした顔をしながら、夢中で指を動かした。

「はぁっ、あぁ、んっ」

ふゆの指が愛液をまとわりつかせながら、ちゅぷちゅぷと淫《みだ》らな音を響かせ浅瀬を抜き差しする。気持ち良さそうに腰を浮き上がらせ指戯に耽《ふけ》る姿から目が離せない。

いつだってふゆはこうして簡単に俺の心を奪う。なにもかも捨ててもいいと思うほど、俺はふゆに溺《おぼ》れていた。

ふゆはいつだって俺を真っ直ぐに信じる。その信頼に応《こた》えたいと思う。だが、優しくしたい、甘やかしたいと思うのと同じくらい、泣かせたい、手ひどくしたい、汚したいという感情もあった。それは表裏一体をなしていて、度々《たびたび》彼女を抱いている時に表に出てくる。

俺の精で汚され、気を失うくらいひどく抱かれても、ふゆは広い心で俺を受け入れてくれる。それは俺に安堵と満足感をもたらした。

俺は自身の怒張を握りしめ扱《しご》き上げる。手のひらの中で脈動する己《おのれ》はあっという間に絶頂へと追い詰められる。

ぐっと根元まで手を引き下ろし、強く上下に擦り上げていく。溢《あふ》れた先走りで滑りがよくなり、手の動きが徐々に速くなっていく。

「ふゆ……っ、なぁ、出していい？」

ふゆは陶然《とうぜん》とした顔つきで小さく頷いた。

いっそう強く根元から扱《しご》くと亀頭の蜜穴から飛沫《ひまつ》が上がる。白濁はふゆの胸元にまで飛び散った。緩く扱《しご》いただけですぐに硬さを取り戻す屹立《きつりつ》は、どれほど貪欲にふゆを求めているのだろう。一度達したくらいじゃ、全然満たされない。

「純也……もう、私も達《い》きたい。ここ、挿《い》れて」

ふゆは俺に見せつけるように蜜口を指で開いた。もう堪《たま》らない。

また肋骨が折れてもいいから、朝までふゆを抱いていたい。しかしそうなると、ふゆが怒るのは目に見えている。

俺はベッドに仰向けで寝ると、ふゆにおいでと手を差しだした。胸元にかかった白濁が下腹部に流れ落ち、彼女の肌を淫《みだ》らに汚す。ふゆをもっと汚したい。いつものごとくそんな欲求に駆られて生唾を呑み込んだ。

「俺の上に乗って。体重かけていいから」

だが、どうしても怪我が気になるのだろう。ふゆは俺の腰を跨《また》ぎながらも、全体重をかけられず膝立ちをした。ほら、と手を伸ばすと心配そうな様子で手を重ねあわせてくる。

「大丈夫、そんなヤワな鍛《きた》え方してないから……掴まって、このまま挿《い》れられるか？」

「うん」

ふゆは手を重ねたまま腰を上げて、濡れた蜜口に亀頭を押し当てた。だが愛液にまみれた膣部が滑るのか、なかなか入れられないようだ。

俺はくすりと笑みを漏らすと、陰茎に手を添えてぐっと腰を浮き上がらせた。胸部に鈍い痛みが走るものの、入院した当初よりだいぶました。

「あっ、あぁっ……入っちゃう」

「そのまま腰を落とすんだ。いいところに当たるだろ？」

気持ち良さそうに背中を仰《の》け反《ぞ》らし、ふゆが感じ入った声を上げる。ふゆの中はいつだって熱く蕩《とろ》けていて堪《たま》らなく心地いい。一度達したはずなのに、すぐさま達《い》ってしまいそうなほどの興奮に包まれる。

「ふゆ……お腹……張ってないか？」

この中に俺とふゆの子どもがいる。不思議な感覚だ。下腹部に触らせてもらった時、中で子どもが動いているのがわかった。本当に人が入っているのだと驚いた記憶がある。

当たり前だとふゆには笑われたが。

「へ、いき……あ、んっ」

ふゆは自ら腰を揺らしながら俺のものを刺激してくる。

ゆっくりとした抽送《ちゅうそう》はもどかしくもあったが、妊娠していることを思うと心配で激しくはできない。けれど、ふゆの蜜襞はいつもと同じように屹立《きつりつ》をしゃぶるようにうねり、凄《すさ》まじいまでの快感を与えてくる。

「じゅん、やっ……純也……気持ちいいっ」

次第に腰の動きが激しくなる。ふゆは夢中になって腰を上下に振りたくると、俺の手のひらをぎゅっと握りしめながら、甲高い嬌声《きょうせい》を上げた。すぐにでも達しそうなのか、陶然《とうぜん》と宙を見つめ膨らんだ屹立《きつりつ》を強く締めつけてくる。腰の角度を変えて弱い部分を先端で突いてやると、ふゆが腰を震わせて仰《の》け反《ぞ》った。軽く達したのだろう。

「あぁぁぁっ！」

「達《い》った？」

彼女の手を握りしめ、俺はゆっくりと腰を動かす。ふゆの中に新しい命が宿っているのだと思うとあまり激しくは揺さぶれないが、それでも十分過ぎるほど感じているのか、腰を揺らすたびに柔襞が蠢《うごめ》き俺を締めつける。

ぐちゅ、ずちゅっと淫音を響かせながら、さらにふゆの弱い部分を先端で突いた。

「ひっ、あ、あ、だめっ」

達した直後の蜜襞が、すぐにでも絶頂へ持っていかれそうなほどの心地よさで収縮する。もう我慢も限界だ。俺は滾《たぎ》った陰茎を抜き差しし、自らを絶頂へと導いていく。

「あぁ……いいよ。ふゆ……もう一回達《い》こう。今度は一緒にな」

家庭教師をしていた頃、あまりにふゆが無防備に俺の前で眠るから、耐えきれずしょっちゅう身体に触れていたことを彼女は知らない。

ふゆが結婚できる年齢になったらすぐにでも入籍したくて、反対するなら今すぐにふゆを犯して孕《はら》ませると、父親を脅したことも。

いささか重過ぎる愛情なのはわかっている。それでも、ふゆだけは誰にも奪われたくない。

「ひぁぁっ、あ、あぁぁっ！」

ふゆの感じる部分を擦り上げると柔襞がひときわ強く俺を締めつける。

ふゆは悲鳴のような声を上げながら、四肢を激しく痙攣《けいれん》させた。

「もう、出る……っ」

ねっとりと絡みつく蜜襞の心地よさに酔いしれ、欲望が大きく脈動する。俺は腰を震わせ、ふゆの中に熱い精を放った。

ぐったりと四肢から力が抜け、俺の身体にもたれかかってくるふゆは、俺の骨折のことなどすっかり忘れているのだろう。

俺は小さく笑い、彼女の汗に濡れた髪をかき上げた。

彼女はうっとりと目を細めて顔を寄せてくる。ふゆの体重が胸にかかると、さすがに痛みで呻《うめ》いてしまった。

「……っ」

「あ、ごめん！」

青ざめたふゆが、勢いよく身体の上から退《ど》く。

「だめ。もっとキスしてくれ。二週間ぶりなんだから」

手を伸ばすと、ふゆは遠慮がちに唇を触れさせてくる。

「早く治して。もっと、いっぱい愛してね」

「あぁ」

唇が深く重なると、幸福感に満たされる。

溺れるくらいの深い愛情を、生涯君だけに――

～大人のための恋愛小説レーベル～

ETERNITY
エタニティブックス

夜毎ベッドで愛される!?

二人の甘い夜は終わらない

ETERNITY Rouge エタニティブックス

エタニティブックス・赤

藤谷藍《ふじたにあい》

装丁イラスト／芦原モカ

仕事をバリバリにこなし、周囲から『王子』と呼ばれるほど凛々しい花乃《かの》。ある日、酔った勢いで初恋の人に似た男性と一夜を共にする。翌朝、急いで逃げた花乃だったが、追ってきたその彼はなんと初恋の人・一樹《かずき》本人だった！さらに、花乃の勤め先の社長に就任するという。偶然の連続に驚く中、一樹の思わぬ押しに負け、花乃は気が付けば身体の関係込みのシェアメイトになっていて!?

※エタニティブックスは大人の女性のための恋愛小説レーベルです。ロゴマークの色で性描写の有無を判断することができます（赤・一定以上の性描写あり、ロゼ・性描写あり、白・性描写なし）。

詳しくは公式サイトにてご確認ください。
https://eternity.alphapolis.co.jp/

携帯サイトはこちらから！

ALPHAPOLIS アルファポリス
エタニティ人気の12作品
アニメ好評配信中！
Eternity
エタニティ
深夜の濡恋ちゃんねる
Sweet Love Story
NUREKOI
エタニティ公式サイトに
通常版
デラックス♥版
配信中です！
アニメ公式サイト：https://eternity-nurechan.com/
アニメ公式ツイッター：@Eternity_Anime
DVD & Blu-ray 好評発売中！
お見合い結婚からはじまる恋
こまり人様 甘い命令に逆らえない!?
脱出不可能!?
甘くとろける返り討ち!?
ロマンティック。だけど野獣的。
服従
執着
イケメン部長はチャンスを逃さない
許婚候補
庶民なわたしが御曹司の許婚!?
© エタニティブックス原作者・アルファポリス
エタニティ濡れちゃん♡製作委員会

この作品に対する皆様のご意見・ご感想をお待ちしております。

おハガキ・お手紙は以下の宛先にお送りください。

【宛先】

〒150-6008 東京都渋谷区恵比寿 4-20-3 恵比寿ｶﾞｰﾃﾞﾝﾌﾟﾚｲｽﾀﾜｰ 8F
（株）アルファポリス　書籍感想係

メールフォームでのご意見・ご感想は右のＱＲコードから、
あるいは以下のワードで検索をかけてください。

アルファポリス　書籍の感想　検索

ご感想はこちらから

本書は、Web サイト「アルファポリス」（https://www.alphapolis.co.jp/）に掲載されていたものを、改題・改稿・加筆のうえ書籍化したものです。

独占欲強《どくせんよくつよ》めの幼馴染《おさななじ》みと極甘結婚《ごくあまけっこん》

本郷アキ（ほんごう あき）

2021年 7月 31日初版発行

編集－本山由美・篠木歩
編集長－倉持真理
発行者－梶本雄介
発行所－株式会社アルファポリス
〒150-6008 東京都渋谷区恵比寿4-20-3 恵比寿ｶﾞｰﾃﾞﾝﾌﾟﾚｲｽﾀﾜｰ8F
TEL 03-6277-1601（営業）　03-6277-1602（編集）
URL https://www.alphapolis.co.jp/
発売元－株式会社星雲社（共同出版社・流通責任出版社）
〒112-0005 東京都文京区水道1-3-30
TEL 03-3868-3275
装丁イラスト－つきのおまめ
装丁デザイン－AFTERGLOW
（レーベルフォーマットデザイン―ansyyqdesign）
印刷－株式会社暁印刷

価格はカバーに表示されてあります。

落丁乱丁の場合はアルファポリスまでご連絡ください。

送料は小社負担でお取り替えします。


ISBN978-4-434-29178-4　C0093